Il fait nuit chez les Berbères

Collection *Regards croisés*

Ouvrage édité par Marion Hennebert

www.editionsdelaube.com

ISBN 978-2-8159-6310-7

Mohamed Nedali

Il fait nuit chez les Berbères

roman

éditions de l'aube

Du même auteur

Morceaux de choix, Le Fennec, Casablanca, 2003 ; l'Aube, 2006 ; l'Aube poche, 2007

Grâce à Jean de la Fontaine, Le Fennec, Casablanca, 2004

Le bonheur des moineaux, Le Fennec, Casablanca, 2008 ; l'Aube, 2009 ; l'Aube poche, 2010

La maison de Cicine, l'Aube, 2010 ; l'Aube poche, 2014

Triste jeunesse, prix de la Mamounia, l'Aube, 2012 ; l'Aube poche, 2013

Le Jardin des pleurs, l'Aube, 2014 ; l'Aube poche, 2016

Évelyne ou le djihad ?, l'Aube, 2016 ; l'Aube poche, 2018

La bouteille au cafard, l'Aube, 2018

Le poète de Safi, l'Aube, 2021 ; Mikrós littérature, 2025

Pour Lydia

« Les villes et les villages naissent souvent du génie d'un homme, ou de sa folie. »

ANONYME

« Le meilleur que puisse faire un ignare est de se transformer en religieux. »

MONTESQUIEU

1

« Comment se fait-il que cette boîte soit vide ? » demande le sous-préfet Slimani aux deux commis qui viennent de poser devant lui une urne électorale en verre transparent, sans bulletin de vote.

— Nous sommes désolés, *sidi**[1], répond l'un des deux hommes, un chauve précoce, la figure ornée d'une moustache à la Saddam, épaisse et noire. Personne n'a voté au village.

— Comment diable est-ce possible ? »

Ne sachant que répondre, les deux commis baissent les yeux, gênés et confus : le chauve feint de s'intéresser à la pointe de ses chaussures, tandis que son collègue, un patapouf court sur pattes, le visage rond, rond lui-même, fait mine de contempler ses petits doigts boudinés.

« Comment il s'appelle déjà, ce patelin de mes choses ?

— Tizi Ounddame*, *sidi* », répondent d'un commun accord les deux commis.

Le sous-préfet se retourne vers une grande carte murale en relief accrochée derrière son bureau, portant le titre : PROVINCE DU HAOUZ.

« Tizi Ounddame, marmonne-t-il en balayant des yeux le corps de carte. Tizi Ounddame… C'est quelle commune déjà ?

---

1. Les mots suivis d'un astérisque lors de leur première occurrence sont explicités dans un glossaire en fin d'ouvrage.

— La commune d'Asni, *sidi.* »

Le sous-préfet porte l'index sur la partie droite de la carte, le glisse légèrement vers le haut, puis vers le bas, vire à droite, vire à gauche, remonte de nouveau, slalomant entre monts et vaux… Enfin, il s'arrête net sur le flanc d'une montagne.

« Ah ! Je vois où c'est, ce trou du cul du monde. »

La taille haute, la carrure large, le verbe haut, le geste sûr, l'air hautain, Slimani règne en maître absolu sur sa subdivision administrative. Ses subalternes, une vingtaine de gratte-papier, lui obéissent au doigt et à l'œil, lui font le baisemain tous les matins en arrivant au bureau et des courbettes à tout bout de champ. Beaucoup parmi eux n'hésiteraient pas à lui servir de paillasson s'il le demandait.

Il faut dire que la carrière professionnelle de ces malheureux scribouillards, souvent sans diplôme ni formation, dépend entièrement du bon vouloir du sous-préfet Slimani : il peut la propulser, comme il peut lui donner un coup d'arrêt, voire la briser définitivement. L'homme, dit-on, est capable de tout, du meilleur comme du pire, beaucoup plus du pire que du meilleur. Personne n'ose le contredire, ni contester ses décisions, pas même ses supérieurs hiérarchiques.

Ce n'est pas vraiment le sous-préfet Slimani que la plupart redoutent, mais un autre Slimani, cadre haut perché au ministère de l'Intérieur. De son bureau somptueux à Rabat, le puissant homme veille en permanence sur son cousin du Haouz, couvre systématiquement ses abus de pouvoir et ses fautes professionnelles, intercepte toute plainte déposée contre lui, jette à la poubelle tout rapport de sa hiérarchie qui ne lui est pas favorable...

Le sous-préfet Slimani ramasse un paquet de cigarettes qui traîne sur son bureau, des Camel sans filtre. Il en extirpe une, lentement, en tapote le bout contre l'ongle de son pouce épais, l'œil pensif. Le chauve avance vers lui à pas feutrés, la tête penchée sur le côté, l'air écrasé. Il actionne un briquet, tend la petite flamme vers le bout de la cigarette, entourée de la main en prévision d'un éventuel coup de vent. Le sous-préfet l'ignore, comme on ignore une quantité négligeable ou un détail insignifiant. Le chauve, figé dans sa posture, patiente, les yeux baissés, la respiration suspendue. Une dizaine de secondes s'écoulent ainsi avant que son supérieur daigne enfin pencher le bout de sa cigarette vers la petite flamme. Il y met le feu, lentement, tire deux grosses bouffées, coup sur coup, goulûment.

« C'est une première au pays !, dit-il en restituant sa fumée sous forme de grosses volutes bleues s'élevant nonchalamment vers le plafond.

— Nous avons pourtant fait le nécessaire, *sidi*, précise le chauve.

— C'est-à-dire ?

— Vers dix heures et demie, comme personne ne s'était encore présenté au bureau de vote, je suis allé à la rencontre des gens, seul, parce que nous ne pouvions pas quitter le poste tous les deux. Je me suis rendu d'abord au *douar**, puis dans les champs. J'ai rencontré plusieurs villageois, des hommes et des femmes. Je leur ai demandé poliment de se présenter au bureau munis d'une pièce d'identité ou, à défaut, d'un livret d'état civil. Je leur ai expliqué que voter est un droit et un devoir pour tous les citoyens âgés de dix-huit ans et plus, que le fait de ne pas...

— Quelle était leur réaction ?, intervint le sous-préfet, pressé de savoir l'essentiel.

— Ils s'en allaient, dubitatifs ou indifférents. Certains me répondaient : "*Inch'Allah !**" ; d'autres : "Je verrai."

— Pire, *sidi*, renchérit le patapouf, les villageois ont fait preuve d'une inhospitalité totalement étrangère aux mœurs du pays.

— C'est-à-dire ?

— Ils ne nous ont rien offert de la journée ! Pas même un thé.

— Vous avez donc fait ramadan avant l'heure ?

— Il s'en est fallu de peu, *sidi* : au début de l'après-midi, je me suis rendu dans un magasin du village, seul, parce que nous ne pouvions quitter le poste tous les deux. J'y ai acheté des biscuits à la confiture et deux canettes de soda. Ça nous a permis de tenir jusqu'à dix-huit heures.

— Il paraît qu'il y a anguille sous roche, en conclut le sous-préfet, l'œil suspicieux.

— C'est aussi notre sentiment, *sidi* », confirme le chauve.

Le sous-préfet écrase son mégot dans le cendrier.

« C'est sûrement un acte délibéré de la part de ces culs-terreux, décrète-t-il après un long silence. (Il jette un coup d'œil sur sa montre.) Il est vingt-deux heures, ou presque. Vous pouvez disposer. Demain matin, vous me faites un rapport.

— Entendu, *sidi.*

— Bonsoir, *sidi.* »

Les deux commis se cassent en deux, baisent la main du sous-préfet, l'un après l'autre, puis se retirent, à reculons, les yeux baissés, l'air écrasé.

2

Tizi Ounddame. Qui connaît Tizi Ounddame ? Hormis ses habitants et ceux des hameaux voisins, il est peu probable qu'il y ait au pays d'autres gens qui connaissent, ne serait-ce que de nom, ce village perdu quelque part entre les montagnes du Haut Atlas et l'oubli.

Isolé, enclavé, difficile d'accès, Tizi Ounddame vivait depuis la nuit des temps dans une paix douce et tendre – heureux héritage du passé numide, quand les hommes n'étaient que des hommes, et la marche du monde, une affaire exclusive de Dieu.

Tizi Ounddame comptait une centaine de maisonnettes en pisé et pierre taillée, cascadant en terrasses sur le versant de la montagne éponyme, jusqu'à l'orée des champs. De loin, elles avaient l'air de gros pucerons accrochés au flanc d'une bête préhistorique.

Les gens du village, de petits paysans démunis pour la plupart, y vivaient de la culture de leurs lopins de terre dans la vallée en contrebas, ou d'étroits vergers en terrasses superposées, arrachés à la montagne au prix d'années de labeur acharné et tenace. Quelques-uns possédaient un troupeau de chèvres, qu'ils emmenaient brouter dans la cédraie voisine ou le long des sentiers herbeux vagabondant sur les flancs des montagnes environnantes. D'autres, minimalistes avant l'heure, se contentaient d'un clapier ou d'un poulailler de fortune, aménagés au rez-de-chaussée de leurs demeures, l'essentiel dans la vie étant d'avoir de quoi se nourrir et nourrir les siens ; le reste, tout le reste, y tenait du détail superflu ou de l'inutile encombrant : moins il y en avait, mieux c'était.

La petite mosquée trônant au beau milieu du village, avec son modeste minaret sans haut-parleur ni prétention, servait autant de lieu de culte que de siège à *Agraou**, l'assemblée du village. Les membres, une dizaine d'anciens dignes de foi et d'estime, s'y retrouvaient chaque soir autour d'un thé à la menthe parfumé et mousseux, pour traiter les affaires courantes ou, tout simplement, pour palabrer à leur aise. Les décisions étaient prises d'un commun accord, les rares conflits entre villageois résolus à l'amiable, les injustices redressées, les abus corrigés, les dommages réparés, les réconciliations scellées.

La sous-préfecture et la gendarmerie situées à Asni, le chef-lieu du pays, à une trentaine de kilomètres en aval, ne voyaient pas d'un bon œil cette autonomie : non seulement elle donnait aux commis et agents qui y travaillaient le désagréable sentiment d'être inutiles, mais elle les privait aussi d'une importante source de bakchichs.

L'école se situait au pied du village. École, c'est sans doute trop dire ; il ne s'agissait en réalité que d'un compartiment en préfabriqué, jeté sur un lopin de terre empierrée, qui servait naguère d'aire de battage. Vu d'en haut, il ressemblait à un container abandonné au bord de la route.

Moulay Taher, l'unique instituteur des lieux, y travaillait depuis le jour de son inauguration, une douzaine d'années plus tôt, par deux vagues fonctionnaires de l'Éducation nationale et un non moins vague élu de la commune.

Depuis, Moulay Taher n'avait pas quitté Tizi Ounddame, à la grande surprise de ses collègues dans la région. Jamais il n'avait demandé de mutation, bien qu'il en eût largement et l'ancienneté et les notes requises. Pourquoi ?

Chaque fois qu'on lui posait la question, Moulay Taher répondait par une autre question :

« Pour aller où ?

— Auprès de tes parents, lui disait-on, tes frères et sœurs, tes amis...

— Mes parents ont rendu l'âme, il y a belle lurette. Mes frères et sœurs sont, depuis, à couteaux tirés à cause du *riad** reçu en héritage : certains veulent le revendre ; d'autres, pas. Quant à mes amis, que Dieu m'en garde ! Que Dieu m'en garde ! »

Lorsqu'on lui demandait comment il faisait, lui, le citadin, pour vivre depuis tant d'années dans un hameau si enclavé, Moulay Taher répondait tout simplement : « J'aime les gens du village et ils me le rendent bien. »

C'était vrai. Mais il y avait une autre raison, tout aussi vraie, dont l'instituteur ne parlait pas : il menait à Tizi Ounddame une vie professionnelle paisible et sereine d'un bout à l'autre de l'année ; jamais, en douze années de service, il n'avait été contrôlé, ni par le directeur de l'école, ni par l'inspecteur pédagogique. Mieux encore, il était très bien noté par l'un et par l'autre sur la seule présentation, une fois l'an, à l'école centrale d'Imlil, de ses documents de travail : le cahier journal, la répartition mensuelle des matières, les fiches de cours de la semaine, une vingtaine de copies d'évaluation dûment corrigées et autant de cahiers des apprentissages.

Il faut dire que Tizi Ounddame était, est toujours, un village difficile d'accès. Le voyage commençait à Imlil, à bord de la fourgonnette d'Ouhemmou, une vieille Mazda T3500 déglinguée et asthmatique. Le tacot grimpait la montagne à travers une piste en épingles à cheveux, accidentée, défoncée par endroits, jusqu'au lieudit Ifri n'Izem, la grotte du lion. Après, il fallait continuer à pied, ou à dos de mulet, une heure et demie d'ascension à travers des sentiers escarpés et abrupts, sur lesquels les supérieurs hiérarchiques de Moulay Taher ne pouvaient s'aventurer, faute de souffle et de jus dans les jambes.

Moulay Taher ne quittait Tizi Ounddame qu'une fois par mois, pour faire ses courses au chef-lieu. Il partait tôt le matin, revenait en fin d'après-midi, un sac à dos chargé d'emplettes diverses. Le reste de son temps, il le partageait entre sa classe de cours, son domicile – une maisonnette de plain-pied, que les villageois lui avaient construite à un jet de pierre de l'école –, et Chama*, sa chèvre laitière, à la robe blanche, qu'il emmenait, une fois par jour, brouter feuilles et jeunes pousses au sous-bois ou sur la berge.

Les mauvaises langues du village murmuraient çà et là que la chèvre ne fournissait pas que du lait à l'instituteur. « Sinon, ajoutaient-ils, goguenards, pourquoi lui a-t-il donné le prénom d'une femme ? »

Un ragot particulièrement malveillant vint confirmer un peu plus la rumeur infâme : Brahim Abgour, villageois bavard et indiscret, racontait partout qu'il avait vu, de ses yeux vu, l'instituteur acheter trois boîtes de préservatifs à la pharmacie d'Asni.

« C'est quoi, *préservatif* ?, lui demandait-on à chaque fois.

— Une espèce d'étui en latex que l'on enfile à son dard avant la pénétration.

— À quoi ça sert ?

— À récupérer la semence et éviter ainsi à la partenaire de tomber enceinte.

— Mais là, la partenaire est une chèvre, relevait-on, dubitatif ; pas une femme. La chèvre ne peut faire que des chevreaux.

— Erreur !, répliquait Brahim Abgour. La chèvre pourrait faire autre chose que des chevreaux si son partenaire était un homme, ce qui est le cas en l'occurrence.

— Quoi, donc ?

— Un chevreau avec une tête d'homme, par exemple.

— C'est possible, ça ?

— Oui, c'est possible. »

Et Brahim Abgour de raconter par le menu des histoires de bêtes femelles ayant mis bas des créatures mi-homme mi-animal, suite à des rapports avec des zoophiles, à Chiadma, à Doukkala, au Moyen Atlas, au Rif, à Féguig et dans bien d'autres régions du pays.

Quoiqu'entièrement imaginaires, les histoires racontées par Brahim Abgour avaient au moins le mérite de dissuader une partie des zoophiles de Tizi Ounddame, effrayés par l'hypothèse de faire un monstre et devenir ainsi la risée du pays.

Moulay Taher avait une classe à degrés multiples, répartie en cinq niveaux, du cours préparatoire au cours moyen 2, ce qui lui faisait cinq rangées au total. Le pauvre instituteur passait sa journée à papillonner d'une rangée à l'autre, d'un programme à l'autre, un curieux numéro à mi-chemin entre le puzzle et l'acrobatie.

À la fin du cycle primaire, les élèves quittaient les bancs de l'école et s'en allaient garder les chèvres, ou aider leurs parents aux champs. Quelques-uns, rares, intégraient le collège d'Asni. Mais, au bout de quelques semaines, quelques mois tout au plus, ils jetaient l'éponge, faute de moyens, et regagnaient leurs pénates.

3

Zineb Ayour était la seule et unique élève de Tizi Ounddame à avoir poursuivi sa scolarité jusqu'à la fin du cycle collégial, une première dans les annales du village et un record imbattable jusqu'à ce jour.

N'ayant pas obtenu de place à l'internat du lycée, situé encore plus loin en aval, à Tahennaoute, Zineb dut donc abandonner sa scolarité, renonçant, par-là même, au grand rêve de sa vie : décrocher le précieux sésame bac. Son chagrin fut si profond, si vif, qu'il affecta bien des gens à Tizi Ounddame, proches et lointains.

Pour la consoler quelque peu, les villageois organisèrent une fête en son honneur. Ils offrirent à la communauté un couscous de semoule d'orge bien garni de viande et de légumes de saison, suivi d'une soirée d'*ahouach**.

Comme à chaque fête, Abdeslam Boutserrite, le chantre inégalé et inégalable du pays, déclama un poème dédié à Zineb, dont bien des villageois fredonnent encore les vers aujourd'hui. En voici une tentative de traduction :

« *À toi, Zineb, notre fille bien-aimée,*
Je dédie, en toute liberté, ces vers rimés.
Je voudrais te dire, et dire aux tiens,
Qu'en poussant si loin ta scolarité,
Tu as honoré ce village et fait sa fierté.

Tu n'es peut-être pas allée au bout de ton rêve,
Qu'importe ! Tu es, et de loin, la meilleure élève.
En obtenant le certificat avec les félicitations,
Tu as tracé, pour les filles de ces régions,
Le chemin à suivre : celui de l'instruction.

Vois-tu, Zineb, notre fille bien-aimée,
S'il ne tenait qu'à moi, l'auteur de ces vers,
Je t'élirais, sans délai, reine de ces terres,
Te donnerais les moyens et les pleins pouvoirs,
Certain qu'avec ta finesse et ton savoir,
Tu en ferais un havre de paix, une terre d'espoir. »

Le poème déclencha aussitôt gloses et calomnies parmi les mauvaises langues du village.

« Élire une adolescente *reine de ces terres* !, dit l'une d'elles, l'air narquois. On aura tout entendu à Tizi Ounddame !

— Et lui donner les moyens et les pleins pouvoirs, renchérit une autre.

— Voilà un poète qui ne craint pas l'exagération !

— Moi, je crois que, derrière cette cascade d'éloges, se terre une déclaration d'amour.

— C'est aussi mon avis.

— … »

4

Comme tous les Berbères du Haut Atlas, les habitants de Tizi Ounddame aimaient les plaisirs de la vie : la bonne chère, la danse, le chant, les joutes verbales, la poésie, le rire... À la moindre occasion, ils se hâtaient de dresser une *tente caïdale** sur la place du village, dite *assaïs* en berbère, égorgeaient un mouton ou une chèvre et s'offraient un banquet. Même les fêtes nationales et religieuses n'étaient, pour ces tribus encore très attachées à leurs coutumes païennes, qu'un prétexte pour se rassembler, faire bombance et se donner du bon temps. « Nous sommes venus nus au monde, disaient-ils, nous le quitterons de même, autant nous amuser dans l'intervalle. »

Après le couscous et le thé aux plantes corsé qui s'ensuivait de rigueur, les hommes chauffaient leurs tambourins sur les braises restées dans les deux foyers ; les femmes enfilaient leurs caftans de danse aux couleurs vives, se paraient de leurs anciens bijoux en argent massif, hérités de mère en fille depuis des temps immémoriaux, dont certains racontent l'histoire des Berbères à travers les âges : fibules touarègues incrustées de pierres bleu turquoise, larges bracelets de Tiznit portant les trente-trois caractères du *tifinagh**, colliers en boules d'ambre, boucles d'oreilles finement ciselées, bagues ornées d'ébène ou de cristaux divers, bracelets de cheville avec des pierres colorées... *Ahouach* commençait dans la joie et la bonne humeur. Le roulement des tambourins grondait dans le ciel de Tizi Ounddame, amplifié par l'écho des hautes montagnes, retentissant au loin, bien loin du village.

La fête finissait en apothéose, avec une improvisation poétique d'Abdeslam Boutserrite célébrant en vers rimés l'événement fêté. Comme de coutume, l'illustre chantre terminait sa déclamation par un appel aux Berbères du Haut Atlas, toujours le même, à protéger leur langue et leur culture :

« *Quant à vous, gens de ces nobles cimes,*
Berbères libres et hommes de fière allure,
Écoutez bien ces mots, ayez-les pour maxime :
Préservez votre langue, veillez sur votre culture,
Sauvez-les de l'oubli, aimez-les sans mesure ! »

La fête s'achevait à chaque fois sur ce conseil du poète, auquel personne ne prêtait vraiment attention, tellement il le répétait à chaque occasion.

Que dire de Tizi Ounddame en ces temps à la fois proches et lointains ? Comment décrire ce village heureux ? Un Eldorado. Une thébaïde. Un havre de paix et de sérénité, où les gens coulaient des jours heureux, loin de la ville, de ses sottes vanités et de ses plaisirs factices. Étaient-ils conscients de leur bonheur, les gens de Tizi Ounddame ? Rien n'est moins sûr : depuis que le monde est monde, l'être humain ne prend conscience de son bonheur qu'une fois l'avoir perdu. Quelque chose en son for intérieur l'empêche d'apprécier le moment présent en lui faisant mirciter au loin des plaisirs encore plus intenses, encore plus enivrants. Subjugué, il lâche son bonheur présent et se lance à corps perdu derrière le mirage scintillant à l'horizon, décidé à le rattraper, un peu comme le chien de la fable lâche sa proie et court derrière son reflet[1].

1. Jean de la Fontaine, *Le chien qui lâche sa proie pour l'ombre.*

5

Difficile à croire, a priori, mais c'est la modernité qui tua le bonheur à Tizi Ounddame. Elle y était arrivée par petites étapes, discrètement, à la manière d'une tumeur qui se déclare dans un organe vital et y entame en sourdine son long travail de sape.

Il y eut d'abord l'électricité, *cette source de lumière et de vie*, à en croire la vieille annonce publicitaire. Deux géomètres-topographes et une dizaine d'agents d'exécution de l'O.N.E.* débarquèrent un matin au pied du village, sans crier gare. Pendant que les premiers effectuaient des mesures avec leur viseur, les autres creusaient des trous espacés sur le chemin grimpant vers le *douar*. Des volontaires leur prêtèrent main-forte. D'autres se chargèrent du transport des poteaux électriques en bois et des matériaux de construction depuis Ifri n'Izem, la fin du chemin carrossable. Les femmes offraient les repas, trois fois par jour, à tour de rôle. La petite mosquée du village servit de dortoir aux agents.

En quatre mois de travaux, Tizi Ounddame fut relié au réseau de répartition électrique d'Imlil. Anflous, le chef du village, et ses adjoints décidèrent, d'un commun accord, de faire raccorder toutes les maisons au réseau électrique, y compris celles appartenant à des familles démunies.

« Il ne faut surtout pas, décréta Anflous, que des foyers aient accès à la lumière et d'autres pas. »

Une difficulté majeure se posa d'emblée : la moitié des villageois ne pouvait régler comptant les frais de branchement au réseau. *Agraou*, l'assemblée du village, tint conseil à la mosquée autour d'un thé à la menthe. Les membres discutèrent jusqu'à une heure tardive de la nuit. Le problème demeura entier.

Le lendemain matin, Anflous prit son courage à deux mains et se rendit à l'agence de l'O.N.E., située à Asni, le chef-lieu. C'était la première fois que le village allait demander de l'aide à un service de l'État. La démarche s'annonçait difficile à entreprendre, un peu humiliante aussi. Le pauvre Anflous dut mettre sa fierté dans sa poche.

D'entrée de jeu, le directeur de l'agence se montra froid, rébarbatif. Anflous ne se laissa pas perturber. À vrai dire, il s'y attendait un peu, les commis de l'État étant très souvent dédaigneux et hautains à l'égard des petites gens. Il formula sa demande, clairement, calmement.

« Il n'y a pas de branchement au réseau électrique sans le paiement de l'intégralité des frais, répondit le directeur sur un ton qui ne souffrait pas la réplique. L'O.N.E. est un service payant, ajouta-t-il, une pointe d'ironie dans la voix, pas une soupe populaire.

— Puisque c'est ainsi, répondit Anflous sans se départir de son calme, je vous demande, en tant que chef du village, de retirer vos poteaux de nos ruelles.

— Pourquoi donc ?

— Parce qu'aucune maison n'y sera raccordée. »

Anflous pivota sur ses talons et s'en alla vers la sortie, le pas ferme, résolu dans sa djellaba berbère. Le directeur le rappela.

« Attendez une minute !, lui dit-il sur un ton soudain radouci. Je vais voir s'il y a une solution. »

Le directeur était un homme dans la force de l'âge, le crâne dégarni et luisant, les traits épais, les oreilles légèrement décollées, les lèvres pendantes, un parfait sosie du défunt mercenaire russe Evguéni Prigojine, le fondateur de Wagner, une organisation paramilitaire de triste mémoire. Il décrocha le téléphone, composa un numéro. Une voix répondit quelques secondes plus tard, celle d'un homme, un certain Moulay Driss. Après les salamalecs d'usage, Prigojine lui exposa le problème dans tous ses détails. S'ensuivit une longue discussion entre les deux hommes. Anflous écoutait discrètement les paroles de l'un, essayait de deviner celles de l'autre. Mais comme il y avait trop de mots techniques, dans la langue de Molière qui plus est, il renonça à son entreprise.

« Je vous remercie beaucoup, Moulay Driss, pour votre réaction rapide, dit enfin Prigojine.

— …

— Bien sûr, Moulay Driss. Bien sûr.

— …

— Encore une fois, merci beaucoup, Moulay Driss. Portez-vous bien et à bientôt. »

Il raccrocha, se retourna vers Anflous, debout devant lui, silencieux comme une ombre.

« L'O.N.E. vous accorde une facilité de paiement.

— Puis-je savoir laquelle, *sidi* ?

— Cent dirhams par mois et par compteur durant une année. Ça vous va ?

— Oui, *sidi*, ça nous va, répondit Anflous après une courte réflexion. Je vous remercie au nom de tous les habitants de Tizi Ounddame. »

En quelques semaines, les compteurs furent posés sur les façades, les maisons raccordées au réseau électrique. Les villageois décidèrent de fêter l'événement ; l'occasion était trop belle pour la laisser filer. Le directeur de l'O.N.E. fit le déplacement, vêtu en chasseur alpin : casquette militaire, vareuse grise, pantalon parachute et chaussures de randonnée ; on eût dit Evguéni Prigojine se pavanant devant la mairie de Bakhmout, ou ce qu'il en restait.

Cinq représentants des autorités provinciales furent aussi du voyage, des quinquagénaires gras et bedonnants, que les maigres mulets de Tizi Ounddame avaient bien de la peine à porter jusqu'au village. L'un d'eux, un officier de haut rang, avait perdu l'équilibre au détour d'une pente et était tombé de sa monture, heureusement sans gravité. Seul dégât à déplorer : les boutons de sa chemise avaient tous sauté dans la chute, d'un seul coup ; une bedaine pantagruélique s'était déversée d'entre les pans du vêtement comme une outre pleine, cascadant jusqu'aux genoux.

Arrivés au pied de Tizi Ounddame, Anflous chargea un muletier d'aller chercher au village un habit de grande taille pour homme. « Une djellaba, lui murmura-t-il dans l'oreille, une tunique, un burnous, enfin, n'importe quoi qui puisse cacher aux regards l'énorme panse du poussah. »

Le jeune homme dut faire le tour de tout un pâté de maisons avant de trouver enfin une vieille *gandoura** usée jusqu'à la trame, mais assez ample pour que l'officier puisse y entrer sans trop de difficultés.

Hormis ce banal incident, la fête de l'électricité se déroula dans une bonne ambiance. Les six convives eurent droit à un festin royal : deux boucs rôtis à la broche et du couscous aux jarrets de veau, oignons blancs et raisins secs.

6

Introduite dans les foyers, l'électricité ouvrit la voie à d'autres produits de la modernité, une suite d'appareils censés rendre les gens encore plus heureux qu'ils ne l'étaient. Le deuxième sur la liste fut la télévision. Elle arriva dans les maisons suite à l'invasion du marché national de l'audio-visuel par les téléviseurs chinois et sud-coréens, à des prix défiant toute concurrence. Pour pouvoir s'en procurer un à écran 22 pouces, il suffisait de vendre deux chèvres ou la récolte de quelques noyers.

Les soirées des villageois s'en trouvèrent profondément bouleversées : à peine le soleil couché, ils se hâtaient de rentrer chez eux pour suivre en famille les feuilletons turcs à l'eau de rose, doublés en arabe dialectal, faisant ainsi l'impasse sur la prière collective du soir à la mosquée du village et les conversations qui s'ensuivaient habituellement. Les jeunes se détournèrent des jeux d'autrefois (la toupie, le cerceau, le cache-cache, la course à pied, la grimpe des noyers, le saute-mouton...) et devinrent très vite de gros consommateurs de football sur petit écran, plus particulièrement les matchs de la Liga[1]. La moitié parmi eux supportaient le Real Madrid ; l'autre moitié, le FC Barcelone. Les deux clans se chamaillaient tout le temps, pariaient de petites sommes à chaque rencontre. Les querelles atteignaient leur paroxysme quand

1. Championnat de football espagnol.

les deux grands clubs ibériques s'affrontaient, « le choc des Titans » disaient-ils. Des termes castillans firent irruption dans leur vocabulaire : *campo, pelota, campeonato, copa, derrota, victoria, remontada, juego, falta, arbitro*[1]...

Bientôt, un café ouvrit ses portes au beau milieu du village : le café de l'Avenir. (A-t-on idée d'appeler ainsi un café au fin fond du Haut Atlas !) Le propriétaire, un ancien marchand de tapis à Asni, l'équipa d'un téléviseur à écran plasma. Depuis, les jeunes du village se retrouvaient là pour suivre les matchs ensemble. Ils commandaient une boisson, achetaient quelques cigarettes au détail, pour un plaisir complet. Chaque action offensive dans la partie, chaque dribble, chaque tir en direction des bois déchaînaient de délirantes ovations chez les uns, un tonnerre de huées chez les autres.

Quelques années plus tard, on vit pousser sur les toits des maisons les premières antennes paraboliques, communément appelées *paraboles*. Les villageois eurent ainsi accès à un déluge de chaînes de télévision émettant gratuitement depuis l'étranger, et dans toutes les langues du monde. Ils se détournèrent sans regret des chaînes nationales, jetèrent aux orties les vieilles antennes TV en forme de râteau, devenues totalement inutiles.

La télécommande en main, les villageois découvrirent le plaisir, sans cesse renouvelé, du zapping, passaient toutes les cinq secondes d'une chaîne, d'un programme à l'autre, emportés dans une quête effrénée de l'amusette ingénieuse et du divertissement immédiat. Ce faisant, ils firent une découverte qui allait bouleverser leur vie : les films pornographiques, euphémiquement appelés *films X*. Les hommes en furent à la fois hébétés et subjugués.

---

1. Successivement, terrain de football, balle, championnat, coupe, défaite, victoire, remontée, jeu, faute, arbitre.

Certaines pratiques sexuelles, dont ils ne soupçonnaient même pas l'existence chez les humains, les laissaient sans voix ; d'autres éveillaient en eux d'ardentes pulsions et des fantasmes débridés. Les hommes mariés éprouvaient de plus en plus le besoin d'*essayer certaines choses* au lit, espérant qu'ainsi leur sexualité retrouverait un peu de sa vigueur perdue par l'injure du temps et l'usure du couple.

7

C'était un après-midi de juillet, le mois propice aux confessions, à en croire l'adage berbère. Tizi Ounddame s'assoupissait sous un soleil écrasant, idéal pour dorer les épis d'orge et rougir les tomates. Brahim Azdoud, un jeune bûcheron du village, épuisé par le labeur et la chaleur, se débarrassa de son fagot au bord du chemin et alla se désaltérer dans le ruisseau. Chose faite, il s'accrocha au bras d'un noyer et bondit, tel un macaque, sur le toit du lavoir, situé juste à côté, avec l'idée arrêtée d'y piquer un somme. Le lieu baignait dans une fraîcheur exquise, générée par l'ombre des noyers séculaires et l'eau courante du ruisseau. Les quelques rayons du soleil, qui réussissaient à traverser les denses feuillages, jetaient çà et là des taches dorées et mouvantes. Brahim s'étendit sur la dalle en pisé, l'avant-bras sur les yeux en guise de masque de sommeil.

Au moment où ses paupières se rejoignaient, quatre bonnes femmes du village débarquèrent au lavoir avec d'énormes baluchons de linge sale sur la tête, suivies bientôt de trois autres, puis de deux autres encore... Les lavandières se mirent au travail, caquetant sans arrêt. Le jeune bûcheron les écoutait d'une oreille distraite. Elles causaient de choses et d'autres, de la pluie et du beau temps. Un instant, l'une d'elles enjoignit aux autres :

« Trêve de plaisanterie, les filles !

— Pourquoi donc ?, répliquèrent deux ou trois voix.

— J'ai une chose sérieuse à vous dire. »

Le jeune bûcheron redressa discrètement la tête, soudain intrigué. Il jeta un coup d'œil par-dessus le toit du lavoir, soucieux de reconnaître l'auteure de la déclaration, la reconnut aussitôt : c'était Fadma Tamokriste, femme drôle et causeuse sans malice.

« J'ai un secret, ajouta-t-elle, qui me pèse tant sur le cœur depuis quelques semaines.

— Partage-le, lui conseilla Zehra Aguerd, il te pèsera moins.

— Secret confié, cœur soulagé !, renchérit Mehjouba Amghar, réputée pour ses dictons créés de toutes pièces.

— Comment vous dire *la chose...* ?, reprit Fadma Tamokriste, perplexe et incertaine. Depuis quelques semaines, Lahcen, mon mari, me demande avec insistance des positions improbables au plumard.

— Lesquelles ?, firent les lavandières, soudain piquées au vif. Lesquelles ?

— Je me demande tout le temps, reprit Fadma Tamokriste, où mon coquin de mari a appris tout *ça*.

— Mais quelles positions ?

— Il n'a pourtant jamais quitté le village, poursuivit-elle, ignorant délibérément l'impatience de ses amies, sans doute pour faire durer le suspense.

— Mais dis-nous d'abord quelles positions !, insistèrent les femmes, trépignant d'impatience.

— La levrette, lâcha enfin Fadma Tamokriste, la position assise, la position debout, celle de la cuillère, celle de la brouette, et j'en passe et des meilleures.

— C'est comment déjà, la levrette ?

— Tu te mets à quatre pattes ; ton homme arrive à genoux et te prend par-derrière.

— Comme les bêtes, quoi !, fit Biya Akroum dans un immense éclat de rire, la gorge renversée, la tête en arrière.

— Dis donc, Fadma !, intervint Rkia Tazroute.
— Quoi ?
— Tu réponds aux sollicitations de ton mari ?
— Penses-tu ! J'y ai toujours opposé un niet catégorique.
— Bravo, Fadma ! Tu ne te laisses pas faire.
— Sauf pour la levrette, se hâta de préciser Fadma.
— Ah !
— Quand même !
— Tu marches pour la levrette ?
— Oui.
— Ah, la salope !
— Tu te mets à quatre pattes ?
— Oui.
— Ah, la salope !
— Et, pour ne rien vous cacher, j'aime ça.
— Ah, la salope !
— Comment se fait-il que tu aimes une position si cochonne ?
— J'y trouve mon compte.
— Ah, la salope !
— Comment ça, tu y trouves ton compte ? Explique-nous !
— La levrette permet une pénétration plus profonde.
— Ah, la salope !
— Est-ce vrai, Fadma ?
— Aussi vrai que le soleil se lève à l'est.
— C'est mieux que dans l'autre ?
— Quelle autre ?
— La position habituelle ?
— Aucune comparaison, l'amie ! Mais alors, aucune !
— Ah, la salope !
— …
— Les filles, intervint Kheddouj Taourikte, je me mets à table à mon tour.
— Vas-y, Kheddouj !

— Soulage ton cœur !
— Ça te fera du bien.
— Pour sûr, ça te fera du bien.
— Secret confié, cœur allégé.
— …
— Comment vous dire la chose ? Ces dernières semaines… Ces dernières semaines, mon mari aussi ne cesse de me faire une euh… Comment vous dire la chose ? Une euh… une demande bizarre au pieu.
— Laquelle ?
— Laquelle ?
— Dis-nous, Kheddouj !
— Comment vous dire la chose ? Mon mari euh… Mon mari euh… En vérité, je ne peux pas en parler.
— Mais pourquoi ?
— J'ai honte.
— Tu n'as pas à avoir honte, Kheddouj !
— J'ai un peu peur aussi.
— Peur de quoi ?
— Peur de qui ?
— Tu as peur que nous allions crier ton secret sur les toits du village, n'est-ce pas ?
— Mais nous sommes tes amies, voyons !
— Discrètes et dévouées, qui plus est.
— Rien ici-bas ne vaut une amitié discrète et dévouée.
— …
— Promettez-moi que vous garderez ça pour vous seules !
— Promis !
— Promis et juré !
— Maintenant, je peux parler sans crainte. Alors, voilà : ces dernières semaines, mon mari veut que je le prenne dans la bouche.
— Dans la bouche ?

— Oui.
— Dans la bouche, dis-tu ?
— Oui, dans la bouche.
— Ah, le salaud !
— Et tu l'as fait ?
— Oui.
— Ah, la salope ! Ah, la salope !
— Que voulez-vous ? Il a été tellement insistant que j'ai fini par céder.
— Ah, la salope !
— Mais c'était moins par envie que par fatigue.
— Tu l'as donc sucé ?
— Oui. Enfin, j'ai essayé.
— Ah, la salope !
— Alors ?
— Alors, quoi ?
— C'était comment ?
— Je n'ai pas aimé.
— Je m'en doutais.
— Non, je n'ai pas aimé. Son dard m'a dégoûtée ; il puait la vieille pisse.
— Beurk !
— Pouah !
— … !
— Les filles, intervint Habiba Ahram, la plus jeune des lavandières, il est peut-être temps de me mettre à table à mon tour.
— Toi aussi ?
— Toi aussi, ma petiote ?
— Oui, moi aussi.
— Décidément, c'est le grand déballage, aujourd'hui !
— C'est bien le cas de le dire.
— Rien ne soulage tant qu'un grand déballage.
— Je partage tout à fait.

— Déballage soulage.
— Bien dit, Mehjouba.
— En plus, ça rime.
— Mais arrêtez cette digression, les filles ! Et laissez Habiba nous raconter !
— Oui, laissez-la nous raconter !
— Vas-y, Habiba ! Raconte-nous !
— Depuis quelques semaines, mon mari me fait une demande pour le moins indélicate.
— Laquelle ?
— Laquelle ?
— Il veut me prendre par-derrière.
— Par-derrière ?
— Oui.
— Ah, le salaud !
— Il veut sa levrette aussi ?
— Si seulement il ne voulait que ça !
— Mais que veut-il, alors ?
— M'enculer, pour appeler un chat un chat.
— Ah, le salaud !
— Tu as accepté ?
— Non.
— Tu me rassures, Habiba.
— On n'accepte pas l'inacceptable.
— Il y a des limites.
— Bravo, ma petite ! Tu as le caractère bien trempé.
— Tu n'es pas comme certaines de nos congénères qui, à la moindre cajolerie, au moindre câlin, se laissent faire.
— Mais il est revenu à la charge.
— Ça, c'est les hommes : ils ne renoncent jamais à leur quête. Ils font des fixations. De vrais pots de colle.
— C'est exactement le cas de mon mari.
— Et du mien aussi.
— Laissez Habiba nous raconter la suite !

— Comme je n'ai pas accepté, il est revenu à la charge, plusieurs fois de suite, s'est fait de plus en plus insistant, un tantinet suppliant, même.

— Je te vois venir.

— J'ai donc fini par euh…

— Par quoi ?

— Par quoi ?

— J'ai fini par céder.

— Ah, la salope !

— Tu as cédé ?

— Oui. De guerre lasse.

— Tu t'es donc laissé enculer, si je comprends bien ?

— C'est cela, oui.

— Ah, la salope !

— Alors ?

— Alors quoi ?

— C'était comment, l'enculade ?

— Je me suis sentie toute drôle.

— Tu n'avais pas mal ?

— Un peu, au commencement.

— Les commencements sont toujours un peu difficiles.

— Et après ?

— Après quoi ?

— Après le commencement ?

— Après… Après, c'est devenu euh… Comment dirais-je ? C'est devenu euh… Tu poses trop de questions, toi !

— Trop de questions tuent la question.

— Elles tuent aussi la réponse.

— C'est parce que j'aime trop les détails.

— Qui aime trop les détails passe à côté de l'essentiel.

— …

— Dites donc, les filles ?, intervint *lla** Nejma Bouhrim, la plus âgée des lavandières, celle qui a le plus d'autorité aussi. (Un silence se fit, soudain.) Qu'est-ce qu'ils ont, vos hommes, à vous faire des demandes si cochonnes au plumard ? Il doit y avoir une explication.

— C'est peut-être une maladie contagieuse, *lla* Nejma.

— Moi, je pense que nos hommes consomment des aphrodisiaques.

— C'est possible.

— C'est quoi déjà, *aphrodisiaques* ?

— Des substances qui leur mettent le feu à la queue.

— Ne vous creusez plus les méninges !, intervint Habiba Ahram, la plus jeune des lavandières. Je la connais, l'explication.

— Éclaire-nous, alors, Habiba !

— Je vous raconte ce qui m'est arrivé la semaine dernière. C'était la nuit, vers une heure, deux heures du matin. Mon mari regarde encore la télé comme depuis qu'il a fait installer cette maudite antenne parabolique sur le toit de la maison. J'ouvre un œil, comme ça, fortuitement. Qu'est-ce que je vois à l'écran ? Vous ne pouvez imaginer ce que je vois ! Une blonde incendiaire, à poil, qui se fait sauter au bord d'une piscine par trois malabars tout en muscles.

— Ah, les salauds !

— Trois, dis-tu ?

— Oui.

— Trois à la fois ?

— Oui, trois à la fois.

— Comment ils s'y prenaient ?

— Chacun par un orifice.

— Ah, les salauds !

— Au moment où un quatrième gars, tout aussi baraqué que les autres, entre en scène, le membre raide comme un marteau-piqueur, mon fripon de mari, s'étant aperçu que j'ai les yeux ouverts, zappe aussitôt vers *Iqra'a*, la chaîne saoudienne, dédiée aux programmes religieux.

— Ah, le salaud !

— …

— Mon mari aussi veille tard devant la télé depuis qu'il a fait installer une parabole sur la terrasse.

— Le mien, de mari, y passe la nuit entière, la télécommande à la main.

— Pareil pour le mien aussi.

— N'en doutez plus un instant, les filles !, en conclut *lla* Nejma Bouhrim. Ces maudites antennes paraboliques sont l'origine du mal ; ce sont elles qui ont perverti les mœurs sexuelles de vos hommes.

— Je suis tout à fait d'accord.

— Moi aussi.

— Que pouvons-nous faire, *lla* Nejma, pour remédier au problème ?

— Couper le mal à la racine.

— C'est-à-dire ?

— Détraquer ces appareils du diable.

— Comment nous y prendre, *lla* Nejma ?

— Ce n'est pas compliqué : vous versez dedans quelques gouttes d'huile et le tour est joué.

— Dans l'antenne ?

— Non, imbécile, dans le récepteur.

— C'est quoi déjà, le récepteur ?

— Arrête un peu tes questions à la con, toi !

— C'est comme ça que j'ai saboté le poste radio de mon défunt mari. Il le gardait allumé toute la nuit et m'empêchait de dormir. J'ai beau protester, rien n'y… »

À ce moment précis, le jeune bûcheron descendit du toit du lavoir comme il y était monté, en s'accrochant à une branche de noyer.

« Juste Ciel !, s'exclama Kheddouj Taourikte en faisant un bond en arrière, effrayée. Mais d'où sors-tu, toi ? »

Le jeune bûcheron étouffa un bâillement, ajusta sa *gandoura*.

« J'étais sur le toit du lavoir.

— Sur le toit du lavoir ?, firent les lavandières en se regardant, les yeux écarquillés, l'air inquiet. Depuis quand ?

— Depuis une heure. Ou peut-être deux. Je ne sais pas exactement. »

L'inquiétude des lavandières monta d'un cran.

« Est-il besoin de te rappeler que le lavoir est un espace réservé aux femmes ?, le tança Fadma Tamokriste.

— Le lavoir ; pas le toit du lavoir.

— Tu nous écoutais, n'est-ce pas ?

— Vous écouter, moi ?, protesta le jeune bûcheron. Ça ne me viendrait même pas à l'esprit !

— Qu'est-ce que tu faisais alors sur le toit du lavoir ?

— Je faisais ma sieste.

— Tu faisais ta sieste en nous écoutant, n'est-ce pas ?

— Comment voulez-vous que je vous écoute si je dormais ?

— Tu dormais ?

— Oui.

— Tu dormais comment ?

— Comme un bûcheron après le labeur. J'ai même fait un rêve, voyez-vous ! »

Sur ce, le jeune bûcheron s'en alla vers son fagot de bois laissé au bord du chemin. *Lla* Nejma Bouhrim le rappela. Il revint sur ses pas.

« Que puis-je pour toi, *lla* Nejma ?

— Raconte-nous ton rêve !, lui demanda la vieille femme, à la surprise générale.

— Vous raconter mon rêve ?

— Oui.

— Mais il n'a aucun intérêt, mon rêve.

— Peu importe ; raconte-le-nous quand même ! »

Le jeune bûcheron regarda les autres lavandières, l'une après l'autre, méfiant et perplexe : elles avaient toutes les yeux suspendus à ses lèvres. Il réfléchit un moment, regarda à droite, regarda à gauche, se retourna, chercha la caméra cachée.

« Vas-y, Brahim, raconte !

— Pourquoi tu es si méfiant ?

— Tu n'as rien à craindre de nous.

— Tu n'as absolument rien à craindre de nous.

— … »

Le jeune bûcheron hésita encore un moment avant de se décider enfin à raconter, sans guère de conviction :

« La scène se passait à la sortie du village, dit-il. Le jour venait à peine de se lever. J'étais accroupi sur une pierre au bord du chemin. J'attendais quelqu'un. Ou quelque chose. Je ne sais pas exactement. Un instant, ayant levé les yeux, je vis au loin une horde d'hommes quitter le village en silence, leurs outils de travail sur l'épaule. Arrivés près de moi, je les reconnus : c'étaient les hommes du village, les traits affaissés, les yeux sans éclat, l'air en proie à une tristesse profonde. "Où partez-vous tous comme ça ?", leur demandai-je, intrigué.

— Loin de ces montagnes arides et inhospitalières, me répondit l'un d'eux.

— Aux plaines de l'ouest, précisa un autre.

— Pourquoi exactement les plaines de l'ouest ?

— Parce que les terres y sont fertiles et généreuses. »

Les hommes reprirent leur marche silencieuse, le pas ferme, l'air déterminé. Je les suivis des yeux, jusqu'à leur disparition au tournant d'Iguer n'Isli.

— Merci beaucoup, Brahim, de nous avoir raconté ton rêve, lui dit *lla* Nejma. C'est gentil de ta part. »

Le jeune bûcheron parti, *lla* Nejma se retourna vers les lavandières :

« J'ai quelque chose à vous dire, les filles. Quelque chose de très important. »

Un silence de tombe se fit, à peine perturbé par le clapotis du ruisseau traversant le lavoir. *Lla* Nejma attendit quelques secondes, puis reprit :

« Le rêve de ce jeune bûcheron porte un message à votre intention et à l'intention de toutes les femmes mariées, du village et d'ailleurs : si vous voulez garder vos maris, soyez généreuses et bienveillantes avec eux au lit ! Prêtez-vous aux jeux qui les excitent ! Comblez leurs désirs ! Répondez à leurs attentes… ! Je vous préviens : si vous continuez à faire la sainte-nitouche au plumard, vos maris finiront, tôt ou tard, par remballer *leurs outils de travail* et s'en aller ailleurs, à la recherche de *terres fertiles et généreuses*, exactement comme dans le rêve du jeune bûcheron. À bon entendeur, salut ! »

8

Les téléphones portables achevèrent de perdre les jeunes de Tizi Ounddame : appels, rappels, SMS, photos, vidéos, Facebook, YouTube, Instagram, Snapchat, TikTok... Les oreilles bouchées par les écouteurs, ils tripotaient sans cesse leurs appareils, se déplaçaient d'un endroit à l'autre à la recherche d'une connexion internet correcte. Un flux ininterrompu de photos et vidéos leur parvenait des quatre coins du pays ; la plupart vantaient la vie en ville avec son luxe tapageur, son confort sophistiqué et ses plaisirs factices. Le mirage du bonheur urbain scintillait à l'horizon, fascinant. La tentation de partir grandissait de jour en jour, devenait irrésistible.

Bientôt, les jeunes rechignaient à accomplir les tâches quotidiennes à la campagne, avançant des arguties de mauvaise foi : trimer dans les champs ne leur rapportait rien ; garder les boucs toute la journée était une activité ennuyeuse à mourir ; bûcheronner, une corvée abominable... Par ailleurs, ils n'en pouvaient plus de vivre isolés, loin du monde civilisé. Ils étouffaient dans ce bled perdu, plutôt fait pour les vioques au bout du rouleau et autres croulants à crever dans la semaine...

Et les jeunes de Tizi Ounddame s'en allaient, les uns après les autres, bercés d'illusions, en direction des grandes villes du pays : Marrakech, Casablanca, Rabat, Agadir, Tanger... Toutes les amarres du monde n'auraient su les retenir.

Arrivés à destination, ils échouaient immanquablement dans de sordides bidonvilles, où des légions de gueux vivaient les uns sur les autres, cuvant leur chagrin à longueur de journée, ruminant leur déception – de véritables bombes à retardement. La plupart travaillaient dans le bâtiment, y accomplissaient surtout les tâches pénibles, dont les ouvriers citadins ne voulaient pas : décharge des camions, déplacement des matériaux, montage et démontage des échafaudages, préparation du mortier… Quelques-uns faisaient la plonge dans les gargotes et restaurants de la ville jusqu'à ne plus sentir leurs bras, ni leurs jambes. D'autres revendaient, sur les trottoirs ou dans les souks, des ferrailles récupérées dans les poubelles des riches, puis retapées et nettoyées. D'autres encore se contentaient de vendre des cigarettes au détail aux coins des rues et sur les terrasses des cafés – une activité aisée à pratiquer et assez lucrative, mais qui pouvait conduire en prison, la vente des cigarettes au détail étant formellement interdite par la loi.

Seules les deux grandes fêtes religieuses, *l'aïd el-Kebir* et *l'aïd el-Seghir**, venaient égayer un peu la vie de ces malheureux exilés : ils reprenaient tous la route de Tizi Ounddame, heureux de revoir les leurs et de retrouver la paix tendre et douce de leur village natal. Ils y retournaient aussi, exceptionnellement, à l'occasion d'un mariage, une circoncision ou un décès survenu dans la famille.

Seul Omar Boutillas n'a jamais remis les pieds au village depuis bientôt quatre ans.

9

Omar Boutillas venait de boucler ses dix-sept hivers quand Ijja, l'auteure de ses jours, rendit brusquement l'âme un soir après une demi-heure d'atroces souffrances : convulsions, spasmes, soubresauts, vomissements et râles bronchiques.

La défunte n'ayant été ni vieille ni malade, des rumeurs d'empoisonnement coururent d'un bout à l'autre du village. Moulay Abdeslam, l'imam, intervint le vendredi suivant, dans son prêche hebdomadaire.

« La vie et la mort, déclara-t-il sur un ton sans appel, relèvent du seul ressort d'Allah, le Très-Haut. Les humains, eux, doivent se mêler de ce qui les regarde. *Tout ce qui arrive ici-bas*, dit le saint Livre, *est décidé d'avance par la volonté souveraine du Maître de l'univers ; toute tentative de l'expliquer autrement est un acte d'incrédulité.* »

La rumeur s'éteignit aussitôt. La mort d'Ijja en resta là : une énigme, un mystère non élucidé.

Quarante-trois jours plus tard, *dda** Houça, le père d'Omar, convola en justes noces avec Hafida Agafay, la fille des voisins. Autrement dit, trois jours seulement après que l'âme de la défunte eut quitté la tombe*. La rumeur d'une mort suspecte de la première épouse remonta à la surface, bourdonna encore quelques jours de-ci, de-là, avant de s'éteindre pour de bon.

Les secondes noces de *dda* Houça furent un événement dont les gens de Tizi Ounddame se souviendront encore longtemps. L'homme s'était remarié contre vents et marées. Sa mère, ses frères et sœurs ne voulaient pas de Hafida Agafay, à cause d'un vieux litige foncier entre les deux familles : un problème de bornage mal réglé. *Lla* Zennoub, la sœur aînée de *dda* Houça, fermement décidée à détourner son frère de Hafida Agafay, lui avait déniché une divorcée de Tacheddirte nommée Zaïna Bihi. Zaïna Bihi était jeune, la trentaine, jolie, gentille et sans enfant, autant dire une occasion en or pour tout veuf ou divorcé désireux de refaire sa vie. Mais *dda* Houça avait décliné la proposition de sa sœur. Pourquoi ? « Je ne sais pas, avait-il répondu d'un air mystérieux. Je n'en sais rien. »

Deux semaines plus tard, *lla* Zennoub lui trouva une autre candidate au remariage nommée Menna Tifirte, une veuve d'Ouçertk, avec autant de qualités que Zaïna Bihi, peut-être davantage. *Dda* Houça déclina à nouveau la proposition de sa sœur. Pourquoi ? « Je ne sais pas, répondit-il, énigmatique. Je n'en sais rien. »

« Mon pauvre fils, en conclut la mère de *dda* Houça, inquiète, est sûrement sous l'emprise d'un puissant sortilège.

— Qu'allons-nous faire ?, lui demanda *lla* Zennoub, sa fille.

— Le soustraire à la satanique emprise.

— Comment ?

— En le faisant désensorceler par un connaisseur en la matière. »

En réalité, *dda* Houça était amoureux de Hafida Agafay, éperdument amoureux, et depuis belle lurette, à tel point qu'il ne s'imaginait pas partager le restant de ses jours sous la voûte céleste avec une autre femme, « Soit-elle Miss Cerisette, ou même la princesse Ameerah Al-Taweel d'Arabie », aurait-il même avoué à un ami du village.

Face à la forte opposition des siens, *dda* Houça usa, un peu malgré lui, de son 49.3, pour valider son choix et placer ainsi ses opposants devant le fait accompli.

Un jour, à la fine pointe de l'aube, alors que Tizi Ounddame était encore au lit, il s'en alla en compagnie de Hafida au bureau des *adouls**, à Asni, le chef-lieu, situé à une trentaine de kilomètres en aval. Ils s'y marièrent conformément à la *sunna** et en présence de deux témoins tout à fait dignes de foi, achetés sur place, cent cinquante dirhams chacun. C'était le tarif.

« Nous voilà mariés envers et contre tous !, dit alors *dda* Houça, triomphant de bonheur.

— Que nos ennemis crèvent comme des chiens !, renchérit Hafida, les yeux étincelant d'une joie féroce. Ta sœur aînée en premier lieu ! »

Et ils rentrèrent à Tizi Ounddame en se tenant par la main comme deux jeunes mariés par une belle journée de printemps.

Hafida Agafay avait trente-deux ans ; au moins quarante-deux, à en croire la mère et les sœurs de *dda* Houça. Chose curieuse au pays, jamais aucun homme n'avait demandé sa main.

Arrivée à la barre fatidique de trente ans, Hafida avait perdu définitivement l'espoir de trouver chaussure à son pied et s'apprêtait, le cœur gros et le moral en berne, à finir son séjour terrestre en vieille fille.

Elle n'était pourtant pas laide, Hafida, n'avait pas non plus mauvaise réputation. Pourquoi ne s'était-elle pas mariée ? Chaque fois qu'on lui posait la question, Hafida répondait qu'elle avait été victime de la magie noire à l'âge de dix-sept ans : Aïcha, sa cousine germaine, aveuglée par la jalousie, lui avait jeté un mauvais sort. « La preuve, ajouterait-elle plus tard, sept jours après m'être fait désenvoûter par Moulay M'barek Boutboukkalte, un grand *alim** de Taroudant, *dda* Houça s'est présenté pour demander ma main. »

10

Son père convolé en justes noces, Omar quitta le village, sa djellaba de laine sur l'épaule, quelques billets de banque en poche et une farouche détermination de se faire une place au soleil de la ville.

Il atterrit à Marrakech, erra de ruelle en ruelle, de souk en souk, à la recherche d'un travail. Le travail est toujours difficile à trouver, quels que soient le pays et la conjoncture économique.

Les manches retroussées, l'air déterminé, prêt à l'ouvrage, Omar se présentait chez les artisans de la Médina : forgerons, babouchiers, vanniers, ébénistes, ferblantiers, menuisiers, tisserands… Nulle part on n'avait besoin de main-d'œuvre. L'artisanat traversait une période de crise sans précédent, lui disait-on à chaque fois ; il est proche de l'effondrement.

Un maître tisserand, le cœur gros, profita de la situation pour vider son sac. L'artisanat tombait de Charybde en Scylla. L'artisanat agonisait. Les Chinois venaient de lui donner le coup de grâce en inondant les marchés nationaux de leur camelote. Les pauvres maîtres artisans n'arrivaient plus à joindre les deux bouts. Certains s'endettaient pour pouvoir payer leurs fournisseurs et rémunérer correctement leurs ouvriers. D'autres, insolvables, mettaient la clé sous la porte et disparaissaient de la circulation. Les maudits Chinois avaient massacré l'artisanat du pays avec la tacite complicité du gouvernement et la stupide indifférence des consommateurs. Depuis quelques années, ils s'étaient mis à fabriquer des produits jusque-là considérés comme la chasse gardée des artisans locaux : les babouches, les *gandouras*, les djellabas, les tapis de prière, les chapelets, les tarbouches...

« Tu sais quoi, jeune homme ?, ajouta le maître tisserand. Chaque soir, avant de me coucher, je lève les paumes au ciel et prie Allah, le Grand Justicier, que ces abominables Chinois disparaissent de la Terre : un séisme dévastateur, une bombe américaine, un tsunami géant, une épidémie mortelle, un virus ravageur... ! »

Omar profita d'un moment d'inattention pour s'esquiver, laissant le maître tisserand poursuivre sa violente algarade contre les Chinois.

Fatigué et désespéré, Omar décida de faire une ultime tentative auprès d'un maître dinandier au souk Rehba Lekdima. L'homme modelait au marteau une feuille de métal. Après le *salamou âléïkoum** de rigueur, Omar formula sa requête dans un arabe à fort accent berbère. Le dinandier, amusé, lui fit signe de patienter. Omar reprit espoir, d'autant plus qu'il n'y avait dans l'atelier que trois ouvriers, alors qu'ils étaient six, huit, voire davantage dans les ateliers voisins. Omar s'écarta un peu et croisa les doigts. Sa tâche terminée, le maître dinandier s'essuya les mains dans un torchon, puis alla se tenir devant Omar. Il le dévisagea longuement, sans gêne, lui pressa l'épaule, lui caressa la nuque, glissa un long doigt osseux sur sa joue, lui tapota le bas du dos...

« Tu as les qualités requises, jeune homme, décréta-t-il enfin.

— Merci, maître.

— Comment t'appelles-tu ?

— Omar.

— Comme le deuxième calife de l'islam, Omar Ibn Al-Khattab, bénédiction d'Allah sur lui... Dis amen !, enjoignit-il soudain à Omar sur un léger ton de réprimande.

— Amen.

— Tu vois, c'est facile, et ça ne mange pas de pain.

— Désolé, maître.

— Quel âge as-tu, Omar ?

— Dix-neuf ans.

— L'âge de tous les possibles, à en croire l'adage. »

Omar desserra les lèvres pour dire quelque chose, ne trouva rien. Le dinandier poursuivit :

« Je t'engage, Omar.

— Merci, maître.

— À condition toutefois, se hâta d'ajouter le dinandier, que tu remplisses les cinq D.

— Les cinq D ?, fit Omar, pantois.

— Dévouement, Docilité, Discipline, Diligence et Discrétion. Voilà les cinq D à remplir, comme les cinq prières, si tu veux garder ton travail dans cet atelier.

— Je ferai de mon mieux, maître », se contenta de répondre Omar.

Le dinandier était un grand échalas en *gandoura* et babouches, l'allure dégingandée, la tête en poire, bien dégarnie, les oreilles en feuilles de chou, la figure émaciée, les yeux fiévreux, le nez en bec de faucon, les joues creuses, la bouche fendue jusqu'aux oreilles, un vrai ratage de la création, en somme.

« Je te propose trente-cinq dirhams la journée et le gîte. Qu'en dis-tu ?

— Je suis preneur, maître », répondit Omar sans hésiter.

11

Omar commença aussitôt le travail : du rangement au fond de l'atelier et un peu de nettoyage par-ci, par-là. Il s'acquittait très bien de toutes les tâches, avec même un peu de zèle, à la grande satisfaction du maître des lieux.

« C'est de la belle besogne, Omar, lui dit celui-ci. Continue sur cette voie ! *Allah, le Très-Haut, aime ceux parmi vous qui s'acquittent bien de leurs tâches,* dit à juste titre le grand messager, prière et salut sur lui. »

Pendant qu'Omar travaillait au fond de l'atelier, deux ouvriers riaient dans leur barbe, se regardaient d'un air goguenard, se faisaient des clins d'œil farceurs, échangeaient de plates singeries. *Qu'est-ce qui fait tant rire ces deux-là ?*, se demandait vainement Omar. S'étant retourné fortuitement, il surprit l'un des deux ouvriers, un petit brun au regard fourbe, le chef coiffé d'un méchant béret militaire, en train de chuchoter dans l'oreille de son voisin, un louchon au nez grand et laid. Une expression parvint à la sienne : « passer à la casserole. » Cyrano pouffa à pleines joues.

« Qu'est-ce tu as ?, lui demanda le patron.

— Rien, maître, répondit Cyrano.

— Pourquoi donc pouffes-tu comme une chamelle en chaleur ?

— Une histoire drôle m'est revenue en mémoire, maître.

— Raconte-la pour que nous en profitions tous !

— Je ne suis pas sûr que vous l'apprécierez, maître.

— Raconte-la et je te dirai.

— C'est l'histoire d'un agneau des hauteurs épris de liberté et d'aventure. Un matin, il quitte sa bergerie natale et s'en va vers la plaine, à la recherche d'herbe fraîche pour apaiser sa faim, et d'une source pour étancher sa soif. Arrivé à destination, il croise un vieux loup en *gandoura* et babouches tenant une carotte dans une patte et, dans l'autre, une casserole vide…

— Ta gueule, disciple de Satan !, l'interrompit le maître dinandier. Tu vas tout divulgâcher !

— Tu la connais donc, celle-là, maître ?

— Ta gueule, rejeton du diable !

— … »

12

Le soir venu, Omar se rendit à une gargote située dans le voisinage de l'atelier. Il y commanda un bol de lentilles à l'huile d'olive, un pain d'orge et un verre de thé à la menthe ; dix dirhams au total. Une nuit pâle tomba sur la cité ocre, accompagnée d'un froid léger et piquant. Les commerçants s'apprêtaient à baisser les rideaux de leurs magasins : ils remballaient les marchandises, démontaient les tréteaux, balançaient les déchets dans la rue... Ce faisant, ils plaisantaient, se racontaient les dernières blagues salées ; les Marrakchis sont des virtuoses en la matière.

Le maître dinandier emmena Omar chez lui, un *riad* situé à deux pâtés de maisons. Une odeur exquise les accueillit à l'entrée, *Celle d'un tajine au poulet fermier et citron macéré,* se dit Omar.

Le dinandier emprunta un escalier carrelé, une main tenant la rampe en fer forgé. Omar le suivit. Arrivés à la terrasse, l'appel du muezzin à *al-âcha'a** retentit dans le ciel de la cité ocre, vibrant de décibels.

« *Allahou akbar* ! Allahou akbar !* » murmura le dinandier avec recueillement.

Cet homme est visiblement très religieux, se dit Omar, rassuré. On est souvent rassuré de voir que la personne à qui on a affaire est religieuse : sa supposée crainte de Dieu la rend, à nos yeux, incapable de nuire.

L'appel à la prière terminé, le dinandier ouvrit la porte d'une pièce située à l'autre bout de la terrasse, appuya sur l'interrupteur électrique.

« Entre, Omar !, lui dit-il. Voici ta chambre. »

C'était une espèce de buanderie-débarras, avec, dans un coin, un tas de ferraille et de vieux meubles disloqués ; dans l'autre, un matelas deux-places, sans housse, étendu contre le mur, un traversin crasseux et une couverture, qui avait dû être noire dans une vie antérieure avant de virer à une couleur sans nom : un gris sale, taché de petites auréoles suspectes. Sur le mur du fond, pendait de guingois un ancien portrait d'Oum Kelthoum, la diva égyptienne, criblé de chiures.

« Tu fais la prière, Omar ?

— Non, maître.

— Il va falloir que tu t'y mettes.

— J'y pense souvent, maître, mentit Omar, l'air tout à fait sincère.

— La prière est la colonne vertébrale de l'islam : si elle vient à manquer, le reste, tout le reste, s'effondre. À propos de prière, ajouta le dinandier en jetant un coup d'œil sur sa montre, une Casio Edifice, il se fait tard pour *al-âcha'a.* »

Il s'en fut. Omar l'écouta descendre l'escalier jusqu'au rez-de-chaussée, déverrouiller, puis refermer la porte derrière lui.

13

Alors qu'Omar venait de se coucher, un bruit de pas lui parvint de la terrasse. Il se retourna vers la porte : la silhouette dégingandée du dinandier se profila dans l'encadrement. L'homme avait troqué sa *gandoura* contre une vieille tunique d'intérieur aussi légère que la nudité, qui lui donnait l'air d'un épouvantail. Ses yeux de singe salace jetaient des éclats lumineux, sa main droite grattait mécaniquement ses parties génitales.

« Me revoilà ! », dit-il d'un air enjoué.

Omar se remit sur son séant, méfiant comme un ouistiti à l'approche du tigre. Le dinandier avança, la tunique relevée jusqu'aux genoux, dévoilant de longues jambes maigres et velues. Il s'assit sur le matelas, tout près d'Omar. Une odeur rance s'épandit dans l'air ; elle rappelait celle d'un bouc en rut. Omar détourna légèrement le nez. Le dinandier tendit une main vers sa tête et se mit à fourrager dans ses cheveux, lentement, affectueusement… Au moment où il sentit ses doigts longs et osseux glisser vers sa nuque, Omar se redressa d'un bond.

« Où vas-tu, Omar ?

— Faire une petite toilette intime, maître.

— Est-ce utile ?

— C'est même indispensable, maître.

— Pourquoi donc ?

— Ça permet de se sentir plus à l'aise.

— Tu as raison, Omar… Et dire que mes anciens petits amis ne se lavaient jamais avant !

— L'hygiène intime est vivement recommandée, avant et après.

— C'est une question d'éducation.

— Tout à fait, maître. Voudriez-vous m'indiquer les toilettes ?

— Au rez-de-chaussée, à gauche, répondit le dinandier en ôtant sa tunique d'un geste. L'interrupteur électrique se trouve à droite. »

Omar entraperçut le phallus du dinandier : il était long, épais, auréolé au bout d'un anneau de chair noire et molle ; on eût dit le membre d'un baudet en érection. L'image lui glaça le sang dans les veines, sa chair se hérissa, ses jambes flageolèrent. Il dévala l'escalier deux à deux. Arrivé au rez-de-chaussée, il tourna à droite, tira le gros loquet de fer. Par bonheur, la porte n'était pas fermée à clef. Il l'ouvrit et prit ses jambes à son cou.

14

Il était minuit passé. La Médina dormait à poings fermés ; seuls quelques pauvres hères, la mine patibulaire, l'air dans les vapes, y traînaient çà et là à la recherche de quelque chose, ou de quelqu'un. Omar courut à fond de train, la poitrine en feu, le corps trempé d'une sueur froide, jusqu'à la sortie du quartier. Il s'arrêta sous le porche d'un magasin, regarda derrière lui : aucune trace du dinandier. *Cette fois-ci,* se dit-il, *je l'ai échappé belle ! Allah, merci.*

Un jeune chien errant, le regard triste, les oreilles pendantes, s'approcha de lui, renifla longuement ses chaussures puis s'assit à ses pieds, comme pour montrer qu'il ne présentait pas de menace. C'était un berger de l'Atlas, à en juger par sa silhouette rustique et sa robe touffue et épaisse.

Ayant repris haleine, Omar se renseigna auprès d'une vieille femme qui fouillait dans les poubelles, un grand sac en plastique pendu au poing :

« La gare routière, dis-tu, jeune homme ?

— Oui, *lalla**.

— Tu prends la deuxième venelle à gauche, puis tu vas tout droit jusqu'à la sortie de Bab Doukkala. La gare routière se trouve à ta droite, à un jet de pierre de là. Tu entendras les coups de klaxon des autocars. »

Omar s'en alla, suivi de près par le berger de l'Atlas. Il marcha au pas de course jusqu'à la gare routière de Bab

Doukkala, la plus grande du sud. Elle est le lieu où la vie ne s'arrête jamais à Marrakech, de jour comme de nuit, sept jours sur sept. Outre les voyageurs, souvent en transit, tous les noctambules de la ville y passent à un moment ou un autre de la nuit. Certains y vont pour boire un verre, manger un bout, acheter des cigarettes ou, tout simplement, pour tuer le temps... Le lieu est aussi fréquenté par les marginaux de Marrakech : les sans-abri, les mendiants, les fous, les demi-fous, les clochards, les dealers, les prostituées dites « bas de gamme », les pickpockets, les toxicomanes, les sodomites, les travestis, les rabatteurs, les célibataires en quête de jeunes fugueuses, les vieilles femmes en mal d'amour... À la gare routière de Bab Doukkala, dixit un adage local, tout le monde trouve chaussure à son pied.

Après s'être renseigné auprès d'un agent de sécurité, Omar se rendit à la sortie ouest de la gare, suivi toujours par le chien. Un vieil autocar de la marque Volvo ahanait devant le pont-levis, donnant, toutes les cinq secondes, une salve de coups de klaxon dont personne ne comprenait exactement l'utilité : prévenir les passagers de l'imminence du départ ? En dénicher de nouveaux dans les parages ? Persuader les indécis ? Réveiller les dormeurs... ?

Un courtier vint à la rencontre d'Omar, brandissant un carnet de tickets.

« Casa, Casa, Rabat par l'autoroute !, s'égosillait-il d'une voix éraillée. Cinquante dirhams ! Qui dit mieux ? Casa, Casa, Rabat par l'autoroute ! Démarrage dans cinq minutes... ! »

C'était un nabot avec une tête de chat-huant, les yeux enfoncés, les pommettes saillantes, le menton fuyant. Omar prit un ticket et monta dans l'autocar, fatigué et en nage, les cheveux collés par la sueur, les tripes à l'envers. Le jeune berger de l'Atlas mit ses deux premières pattes sur le marchepied, jappant, gémissant, frétillant de la queue.

« Fous le camp, bâtard !, lui cria le courtier, tapant bruyamment du pied sur le sol. Il ne manquait plus que toi ! »

Le chien prit la fuite, poussant des glapissements plaintifs.

15

Une quinzaine de passagers se morfondaient à l'intérieur de l'autocar, parcimonieusement éclairé par deux néons : l'un à l'avant, l'autre à l'arrière. Pour tuer le temps, quelques-uns tripotaient leurs téléphones portables, d'autres somnolaient ou bayaient aux corneilles. Une fausse blonde, pomponnée et maquillée comme un camion volé, se faisait peloter de manière insistante par son compagnon, un gaillard en uniforme de fantassin, des galons de caporal sur les épaulettes. Au moment où Omar arriva à leur niveau, la fausse blonde feignit de repousser le militaire.

« Rachid !, lui dit-elle en minaudant.

— Qu'est-ce qu'il y a encore, Rachida ?, lui demanda le caporal d'une voix grasseyante et vulgaire.

— Arrête ! Tu me fais mal.

— T'exagères, Rachida ! *Ouallah** t'exagères !

— Arrête de me tripoter, Rachid ! Je ne suis pas une pastèque.

— T'exagères, Rachida ! *Ouallah* t'exagères !

— Arrête, s'il te plaît, Rachid ! Il y a des passagers dans le bus.

— Les passagers, je m'en bats les couilles ! Le bus aussi, d'ailleurs.

— En plus, t'es vulgaire comme une pute borgne, Rachid !

— T'exagères, Rachida ! *Ouallah* t'exagères !

— ... »

Omar visa un siège au fond de l'autocar, le plus loin possible du caporal vulgaire et sa pute. Assis, il se retourna fortuitement : la fenêtre de secours lui renvoya le reflet d'un inconnu : le visage pâle comme un linge, les traits tendus, le regard effaré de quelqu'un qui vient de croiser un revenant.

Une heure et demie plus tard, l'autocar n'avait pas encore bougé d'un iota ; les coups de klaxon déchiraient le ciel de Bab Doukkala. Le courtier continuait de crier en brandissant son carnet de tickets : « Casa, Casa, Rabat par l'autoroute ! Cinquante dirhams ! Qui dit mieux ? Casa, Casa, Rabat par l'autoroute ! Cinquante dirhams ! Démarrage dans cinq minutes… !

— Dis donc, toi !, l'interpella un passager à travers la fenêtre de secours.

— Quoi, l'ami ?

— Ça fait deux heures qu'elles durent, tes cinq minutes ! »

Le courtier partit d'un grand éclat rire, dévoilant une bouche presque entièrement démeublée.

« Excuse-moi, l'ami !, répondit-il avec un léger ton de reproche dans la voix. Il ne faut pas toujours prendre à la lettre les paroles que tu entends.

— C'est-à-dire ?

— *Cinq minutes*, ce n'est qu'une façon de parler !

— Et le tacot, il démarre quand, sans façon de parler ?

— Dès que le chauffeur sera de retour.

— Parce qu'il est parti, le chauffeur ?

— Oui.

— Puis-je savoir où ?

— Il est parti à… Il est parti au… »

Le nabot chercha une destination vraisemblable pour le chauffeur absent ; n'ayant rien trouvé, il se tut, réfléchit un moment, l'index grattant la tempe, avança une nouvelle réponse : « Le chauffeur est parti à… Le chauffeur est parti au… », se ravisa aussitôt, se remit de nouveau à chercher un lieu… Enfin, fatigué, il se décida à jouer carte sur table :

« Pour te dire la vérité, l'ami, je ne sais pas où il est parti, le chauffeur. »

Les passagers éclatèrent de rire, d'un bout à l'autre de l'habitacle. La fausse blonde s'esclaffait comme une bossue, se tapait bruyamment dans les mains et sur les cuisses, la gorge renversée, la tête en arrière.

« Par contre, reprit le nabot dès que les rires se furent calmés, je sais qu'il va revenir.

— Qui ?

— Le chauffeur, voyons !

— Tu en es sûr ?

— Aussi sûr que tu me vois.

— Quand est-ce qu'il va revenir ?

— Dans cinq minutes. »

De nouveau, hilarité générale dans l'autocar. La fausse blonde fit une scène à effet : elle se tenait les côtes, se tordait comme une baleine, se roulait sur les sièges, saisie d'un fou-rire incoercible.

« Là, t'exagères, Rachida !, la tança le caporal. *Ouallah,* t'exagères ! »

Le nabot s'en alla, reprenant de plus belle sa litanie : « Casa, Casa, Rabat par l'autoroute ! Cinquante dirhams ! Qui dit mieux ? Casa, Casa, Rabat par l'autoroute ! Cinquante dirhams ! Démarrage dans cinq minutes… ! »

Vers minuit, la température baissa sensiblement. Un froid vif et mordant pénétrait dans l'habitacle à travers les interstices des fenêtres de secours. Les passagers enfilaient, qui un blouson, qui un tricot, se blottissaient dans leurs sièges. Omar grelottait dans sa vieille chemise délavée, ses dents cliquetaient. « Si seulement j'avais encore ma djellaba ! », soupira-t-il, dépité et amer. Et il se mit à maudire intérieurement le dinandier sodomite de la Médina, proférant contre lui un flot d'imprécations et d'injures. Bientôt, il s'en prit à tous les dinandiers, puis à tous les artisans, de Marrakech et d'ailleurs, sans distinction.

16

Casablanca. Ville tentaculaire. Mégapole insidieuse. Tours d'un blanc sale, à perte de vue. Circulation infernale. Tintamarre incessant. Chaussées délabrées, crevassées, fissurées. Dos d'âne et nid-de-poule à foison. Égouts découverts, pièges mortels. Casablanca, ville-chantier. Travaux partout, travaux tout le temps. Véhicules prioritaires, gyrophares, cônes de sécurité, feux de signalisation spécifique, engins de chantier tournant en rond sur la chaussée, grues faisant le pied de grue, ouvriers taillant une bavette sur le terre-plein... Questions récurrentes des usagers de la route : rond-point ou giratoire ? Priorité à gauche ou à droite ? Sens unique ou double sens ? Stationnement autorisé ou interdit... ? Feux de signalisation détraqués. Concerts de klaxons. Altercations entre automobilistes. Protestations. Menaces. Grimaces. Insultes. Postillons. Bras d'honneur. Feux de détresse. Accidents. Ambulances toutes sirènes hurlantes. Embouteillages. Bouchons. Autobus bondés, pickpockets, frotteurs, relents de transpiration, manque d'air, mauvaise haleine, crachats, pets nauséabonds... Agents de circulation aussi débordés qu'inutiles. Gigantesques publicités sur les façades : encore de nouveaux modèles de voitures, avec encore plus d'options, plus de gadgets, plus de facilités de paiement. Piétons pressés, stressés, angoissés. Visages pâles, traits tirés, maux de tête, migraines, manque de sommeil. Allergies oculaires, respiratoires, cutanées. Fatigue persistante, transpiration, cernes, boutons. Malbouffe. Manque de vitamines. Petites vendeuses de mouchoirs aux feux rouges. Jeunes mendiants africains. Trottoirs fissurés, délabrés, affaissés, encombrés. Poubelles surchargées, renversées, éventrées. Odeurs pestilentielles. Grande effervescence humaine, autant de colère et de tension, de solitude et de vulnérabilité. Casablanca, une ville déshumanisée, déshumanisante, un cauchemar.

Assis sur un carré de carton, le dos contre le support d'un lampadaire public, aussi indifférent que les passants, Omar contemplait une marée de voitures rampant dans un vacarme assourdissant. Ce faisant, une image lui vint à l'esprit : le cadavre en putréfaction d'une mule qu'il avait vu, quelques années auparavant, dans un ravin, grouillant d'asticots et autres insectes nécrophages. *Nous sommes trop nombreux sur la Terre*, se dit-il en guise de conclusion à une longue et morne cogitation.

De sa poche, il retira un téléphone portable, un vieux Samsung Galaxy S3 Mini Value, l'écran traversé de deux fissures obliques. Il passa un appel. Une voix amie lui souhaita la bienvenue dans la langue du village, lui indiqua l'autobus à prendre, le 43 ou, à défaut, le 79 ; la station où le prendre, Assima ; l'arrêt où descendre, *Douar* Labhar.

Une heure plus tard, Omar atterrissait à Aïn Sebaâ, face à l'entrée d'un bidonville étendu sur un reg poussiéreux et désolé. Qui n'a pas de logement, n'a pas de patrie, assure un graffiti réalisé à la bombe sur une palissade en tôle. Juste en-dessous, une main avait ajouté à la craie blanche : Bienvenue dans le plus beau pays du monde !

Smaïl Azzaden, un jeune de Tizi Ounddame, vint à la rencontre d'Omar. Accolade, salamalecs, souhaits de bienvenue, joie des retrouvailles, effusions… Ils pénétrèrent dans le bidonville. Des milliers de pauvres hères végétaient là en attendant des lendemains meilleurs. Les lieux empestaient en permanence des relents fétides : un mélange de vieille urine, de rat mort et de détresse humaine.

Smaïl conduisit son hôte chez lui, ou plutôt chez eux ; ils étaient cinq jeunes à partager une baraque en tôles de récupération, située à l'autre bout du bidonville. Outre Smaïl Azzaden, il y avait Allal Taddiste, Mohemmad Ibsoussi, Hassane Ggouzaghar et Brahim Baghaz. Ces cinq jeunes gens étaient les premiers à avoir quitté Tizi Ounddame pour aller tenter leur chance à Casablanca, ce qui leur avait valu l'élogieux surnom de *pionniers.*

Omar croyait qu'il n'y avait pas plus démuni au monde que les villages du Haut Atlas ; le bidonville de Aïn Sebaâ venait de le détromper brutalement. Il en resta abasourdi des heures durant, se demandant vainement comment les gens pouvaient-ils vivre dans des conditions si sordides, comment faisaient-ils pour supporter tant de misère et de laideur.

Heureusement, l'accueil de ses hôtes était chaleureux et convivial, solidarité tribale oblige. Ils avaient mis les petits plats dans les grands, lui avaient offert un dîner copieux et agréable : poulet grillé, riz au thon, salade, frites, olives aux épices, soda et, à la fin du repas, l'incontournable thé à la menthe et des cacahuètes salées en guise d'amuse-gueule.

Le lendemain, Smaïl Azzaden apprit à Omar qu'il lui avait trouvé un travail d'aide-maçon dans un chantier de construction, à seulement quelques kilomètres au nord du bidonville, cent dirhams la journée.

« À Casablanca, lui dit-il, ce n'est pas le travail qui manque ; c'est le logement. Si tu es logé, tu peux vivre décemment. Tu peux même vivre à l'aise. Si tu n'es pas logé, c'est la croix et la bannière ! Il faut se mettre à quatre ou cinq pour pouvoir louer une bicoque bringuebalante, de la taille d'un mouchoir de poche, mille deux cents dirhams le mois, payés rubis sur l'ongle, sinon c'est l'expulsion *manu militari.*

Et comme pour compliquer encore plus la tâche aux pauvres locataires, les propriétaires, des vautours sans scrupule pour la plupart, exigent une avance de trois mois ! Trois mois, tu imagines ? Et dire que dans nos patelins du Haut Atlas, le loyer n'existe même pas ! Les gens de passage mangent et dorment à la mosquée, les sans-domicile sont logés gracieusement jusqu'à ce qu'ils aient leur propre maison. Ici, à Casablanca, rien n'est gratuit, absolument rien. Tu es pris d'un besoin pressant dans la rue, tu demandes à utiliser les toilettes d'un café ou d'un restaurant, on te répond sèchement : "Il faut consommer, monsieur !" Les gens d'ici ont divorcé d'avec Dieu, rompu avec l'humanité. Pour eux, seul l'argent compte ; le reste, ils n'en ont rien à faire… »

17

Omar quitta ses amis du bidonville casablancais, déjà à l'étroit dans leur cube de tôle pourri, et prit le train pour Salé, *la cité des petites gens*, à en croire l'adage. Il erra pendant des heures dans les ruelles populeuses de la vieille ville à la recherche d'un abri. Vers la fin de l'après-midi, il échoua à Dar Driouch, une espèce de maison-hôtel vétuste, située dans un cul-de-sac, à Bab Sidi Bou-Haja, plus exactement. Huit infortunés comme lui se partageaient les huit pièces que comptait Dar Driouch, une vieille maison menaçant ruine, à laquelle on accédait à travers une porte cloutée, en bois ancien, un peu de guingois : un gardien de parking, un chiffonnier, un peintre en bâtiment, un veilleur de nuit, un plombier, un commis de commerce, un honnête courtier de mariage et un charlatan qui prétendait soigner, en vingt-quatre heures, toutes les pathologies du monde, y compris les cancers en phase terminale.

Le courtier de mariage venait de rendre l'âme, éventré en pleine rue par un client lésé dans ses attentes, un ouvrier d'abattoir, à la carrure imposante, le visage taillé à coups de serpe, les yeux injectés de sang, le regard terrible. Ayant découvert que la nubile qu'il venait d'épouser par l'entremise du courtier en mariage avait perdu sa virginité depuis belle lurette, il la répudia après avoir pris le soin de lui tondre les cheveux et de lui arranger le portrait. Quelques heures plus tard, il étripa le malheureux courtier à l'entrée de la ruelle en criant à tue-tête : « *Allahou akbar ! Allahou akbar…!* » Le musulman est probablement le seul être humain au monde qui, au moment de donner la mort, invoque Dieu et Le prend à témoin.

Le meurtrier se rendit de lui-même à la police, l'arme du crime à la main. Le malheureux courtier fut inhumé en présence de ses colocataires, Moulay Boubker, le propriétaire de Dar Driouch, et une poignée de badauds désœuvrés, qui trouvèrent là l'occasion de couper un moment à leur perpétuelle oisiveté.

On envoya chercher l'imam de la petite mosquée du quartier pour diriger la cérémonie funéraire. Il s'excusa sous prétexte d'être dans un état d'*impureté majeure.* Moulay Boubker demanda au peintre en bâtiment, homme réputé bon pratiquant, de diriger la cérémonie à la place de l'imam. Il accepta, moins par conviction que par égard pour le propriétaire de son logement.

Pendant la prière funéraire, le peintre oublia de réciter la sourate *Al-fatiha* après la première proclamation de la grandeur d'Allah, dite *Takbir.* L'un des badauds lui fit la remarque à la fin de la prière.

« T'inquiète, zigoto !, lui répondit le peintre en bâtiment. Je n'oublierai pas de la réciter sur ta tombe. »

De retour à la maison, Moulay Boubker sortit les maigres affaires du défunt courtier dans la ruelle et les étala à même le sol.

« Je déclare ouverte la vente aux enchères », dit-il aux nombreux curieux qui s'étaient agglutinés autour de lui.

C'était un tas d'objets hétéroclites, sans réelle valeur : de vieux meubles déglingués, quelques ustensiles de cuisine, une bassine en cuivre toute bosselée, une petite bonbonne de gaz, un poste de radio Philips, des vêtements usés, un tapis bon marché, trois paires de souliers, une valise en carton, une demi-bouteille d'eau-de-vie Taourirte, une pile de magazines pornographiques, un coran avec reliure en cuir marron, cinq ou six vieux calendriers, un poster de la sélection nationale de football lauréate de la CAN[1] 1976 en Éthiopie, une casquette à l'effigie du RNI[2], un réveille-matin à double cloche quartz, un tire-bouchon rouillé, une canne de randonnée, deux boîtes de Doliprane, une paire de jumelles pour enfants, une lampe torche, un calumet, un chargeur téléphonique, une prothèse dentaire et un godemiché.

Des gens accoururent de tout le quartier, et même de bien au-delà, le téléphone arabe aidant : des hommes, des femmes, des jeunes, des moins jeunes, des riches, des pauvres... Les Marocains, toutes conditions confondues, adorent chiner ; pour rien au monde ils ne rateraient une brocante ou un vide-grenier. Un seul et même rêve les anime tous : dénicher un jour une *hmiza**, une occasion en or. Le pauvre projette de passer ainsi de l'existence à la vie ; le riche rêve d'acheter une maison en Espagne ou en France.

En une heure à peine, toute la camelote du défunt courtier fut écoulée, même le godemiché, discrètement acheté par une vieille fille du quartier mitoyen. La foule se dispersa. Moulay Boubker compta la recette : mille cinq cent quatre-vingts dirhams.

« Miracle d'Allah !, s'écria-t-il, les yeux écarquillés, l'air ébahi. Miracle d'Allah !

— Que se passe-t-il, Moulay Boubker ?, lui demanda un voisin.

— Mille cinq cent quatre-vingts dirhams ! Pas un sou de plus, pas un sou de moins !

— Explique-nous, Moulay Boubker ! Nous n'avons rien compris.

1. Coupe d'Afrique des Nations de football.
2. Rassemblement National des Indépendants, parti politique libéral du Maroc.

— Mais c'est le montant exact des termes impayés par le défunt courtier ! Mille cinq cent quatre-vingts dirhams ! Pas un sou de plus, pas un sou de moins !

— Miracle d'Allah !, s'exclama le voisin à son tour, stupéfait. Miracle d'Allah ! »

Moulay Boubker, les paumes levées au ciel, l'air plein de gratitude, remercia longuement Allah de l'avoir dédommagé au centime près.

« Qui a dit que la justice de Dieu n'existe pas en ce bas monde ?, ajouta-t-il une fois sa prière terminée. Qu'il vienne la voir de ses yeux ! (Il montra l'argent à la cantonade ; les billets dans une main, la monnaie dans l'autre.) La voici, la justice de Dieu, rendue au centime près ! »

Il se retourna vers Omar, son nouveau locataire.

« Voici la clé de la chambre, lui dit-il. Voici celle de la porte d'entrée. Veille à payer régulièrement ton terme, sinon l'histoire se répétera.

— C'est-à-dire, Moulay Boubker ?

— Il t'arrivera ce qui est arrivé au défunt courtier !

— N'ayez crainte, Moulay Boubker !, répondit Omar, rassurant. Vous recevrez l'intégralité de votre loyer à la fin de chaque mois. Parole d'honnête homme et foi de Berbère ! »

18

L'épineux problème du loyer enfin résolu, Omar se mit à la recherche d'un travail. Il fit le tour des usines, fabriques, entreprises et ateliers de Salé : les rares unités en manque de main-d'œuvre exigeaient une qualification et de l'expérience.

Au terme d'une semaine, n'ayant encore rien trouvé, Omar décida de prendre conseil auprès de Hmad, l'épicier du quartier, la première personne avec qui il avait fait connaissance en débarquant à Salé.

Parce que Berbères, Omar et Hmad avaient sympathisé de prime abord, malgré leur différence d'âge. Les Berbères sont solidaires entre eux partout où ils se retrouvent sur la machine ronde : ils s'adoptent mutuellement, se serrent les coudes face aux aléas de la vie, s'entraident en toutes circonstances. C'est un vieux serment que leurs aïeux avaient prêté pour combattre les nombreux envahisseurs étrangers, depuis les Phéniciens jusqu'aux Français, en passant par les Romains, les Byzantins, les Arabes, les Portugais et les Espagnols.

Une idée trottait dans la tête d'Omar, depuis quelques jours : se lancer dans le commerce des cigarettes au détail. Il en fit part à Hmad.

« C'est un travail aisé et lucratif, reconnut l'épicier berbère, mais je te le déconseille vivement.

— Pourquoi donc, *dda* Hmad ?

— Pour maintes raisons. La première, c'est que nous, les Berbères, sommes trop fiers pour nous adonner à une activité si minable. La deuxième, c'est un péché grave que de vendre un produit nuisible à la santé de ses semblables ; Dieu ne manquerait pas de te demander des comptes le Jour de la Rétribution. Par ailleurs, le commerce des cigarettes au détail est formellement interdit par la loi ; les autorités lui font parfois la chasse. Les vendeurs arrêtés sont présentés au juge d'instruction et condamnés à une peine de prison ferme, assortie d'une grosse amende.

— Quelle activité me conseillerais-tu alors, *dda* Hmad ?

— Marchand des quatre-saisons, répondit tout de suite l'épicier. C'est un commerce qui, de nos jours, a le vent en poupe, aussi bien à Salé que dans les autres villes du pays. Les citadins raffolent de fruits : ils en consomment matin, midi et soir, sept jours sur sept, et de bien des façons différentes : dessert, jus, salade, compote, confiture, que sais-je encore.

— Pourquoi en consomment-ils autant, *dda* Hmad ?

— Ils prétendent que les fruits contiennent plus de vitamines que les autres aliments.

— C'est quoi les *vitamines*, *dda* Hmad ?

— C'est… c'est… Comment dirais-je ? Les vitamines, c'est de petites choses invisibles à l'œil nu qui se trouveraient dans les fruits, les légumes, les œufs, la viande, le poisson et le reste de la liste. Elles fortifieraient l'organisme et le prémuniraient contre les maladies graves comme le cancer, le diabète, l'hypertension, que sais-je encore.

— Est-ce vrai, *dda* Hmad ?

— À en croire les gens de la ville, oui.

— Et toi, *dda* Hmad, qu'en penses-tu ?

— Ce que j'en pense, moi ?, dit l'épicier en se grattant le pariétal, l'œil pensif. Tu sais…, le vrai problème de tous ces gens de la ville, c'est qu'ils ne veulent de la vie que ses roses, pas ses épines.

— Voudrais-tu être un peu plus explicite, *dda* Hmad ?

— De la vie, les citadins d'aujourd'hui ne veulent prendre que les bons côtés : la jeunesse, la santé, la beauté, la fraîcheur… Quand viennent le temps de la décrépitude, la maladie et la mort, ils se rebiffent, se battent bec et ongles pour y couper.

— Comment, *dda* Hmad ?

— En ayant ce qu'ils appellent entre eux *une bonne hygiène de vie.*

— Qu'est-ce que cela veut dire, *une bonne hygiène de vie* ?

— Cela veut dire beaucoup de choses en même temps : se goinfrer de fruits, avaler des paquets de médicaments, consulter régulièrement les médecins, faire faire des bilans de santé, boire de l'eau en bouteille, fréquenter les salles de sport, les salons d'esthétique, les instituts de bien-être, les établissements de remise en forme, que sais-je encore. Peine perdue, puisque ces malheureux finissent souvent par clamser avant l'heure ; alors que nous, les gens de la campagne, qui menons une vie simple, mangeons la nourriture que Dieu nous a destinée, sans nous poser trop de questions ni nous laisser entraver par les blocages de la sophistication et de l'artifice, nous vivons finalement mieux et plus longtemps. »

19

Omar se rendit à pied au marché de la ferraille, situé sur un reg poussiéreux, à l'autre bout de la ville. Il s'y procura, après d'interminables marchandages, une petite carriole rescapée du dernier déluge, une balance Roberval aux plateaux cabossés et quatre ou cinq masses marquées, deux cents dirhams au total. Le lendemain matin, il s'improvisa marchand des quatre-saisons.

Le petit commerce d'Omar rencontra quelques difficultés au démarrage, mais il ne tarda pas à s'élancer et devenir ainsi de plus en plus lucratif.

Seul écueil : les autorités chargées de lutter contre le commerce informel, une escouade mobile, composée de six agents. Ils pourchassaient les marchands ambulants, les harcelaient sans relâche, rançonnaient ceux qui tombaient entre leurs griffes de vautours. S'ils refusaient de filer le bakchich de rigueur, ce qui arrivait parfois, la carriole et la marchandise étaient confisquées séance tenante : la première finissait à la fourrière ; la deuxième, à l'orphelinat ou à l'hospice des vieillards. Pour récupérer la carriole, c'était la croix et la bannière.

Omar avait beau être vigilant, sa baladeuse fut saisie un après-midi par quatre agents de l'autorité aux allures de carnassiers affamés. Keddour, le brigadier, un gredin du racket, aussi dénué de scrupules qu'une hyène, exigea une rançon de deux cents dirhams ; à défaut, la carriole serait confisquée et la marchandise offerte à l'hospice des vieillards. Omar tenta de négocier à la baisse le montant de la rançon ; Keddour demeura inflexible comme la fatalité : « C'est deux cents dirhams ou la confiscation ! », réitéra-t-il, le visage implacable.

Après trois autres tentatives de négociations aussi longues que vaines, Omar finit par débourser les deux cents dirhams exigés, à peu près le gain de trois jours de travail. Le brigadier lui rendit sa carriole. Omar s'en fut, jurant, tel le corbeau du fabuliste, qu'on ne l'y prendrait plus.

Trois semaines plus tard, il retomba dans un traquenard tendu par la même patrouille, à la sortie du souk Essalihine. L'appétit venant en mangeant, le brigadier Keddour exigea cette fois-ci quatre cents dirhams. Omar hoqueta, sidéré par le montant de la rançon.

« Suce un citron, coco !, lui dit Keddour, goguenard. Ou saute à pieds joints, les bras en croix !

— Quatre cents dirhams, dites-vous ?

— Oui, quatre cents dirhams, réitéra le brigadier. Et sache pour ta gouverne, ajouta-t-il en se frisant les moustaches, que je n'en garderai pour moi que quelques miettes, l'essentiel de la somme étant destiné à mes chefs.

— Avouez, brigadier, que c'est là une pratique condamnée !

— Par qui ?

— À la fois par la loi de Dieu et par celle des hommes.

— Mes crapules de chefs se fichent royalement et de l'une et de l'autre, rétorqua le brigadier.

— À ce point ?

— La seule loi qui vaille pour eux est celle de l'oseille ! Je leur ramène de l'oseille à la fin de la patrouille, ils me maintiennent au poste ; je ne leur en ramène pas, ou peu, ils me retirent illico presto le commandement de la patrouille et me réaffectent comme sentinelle à l'entrée de la caserne, mon poste initial. Là, je fais le pied de grue du matin au soir, claque des doigts contre ma tempe chaque fois qu'un crétin, à peine plus gradé que moi, franchit le fronton dans un sens ou dans un autre, et ce jusqu'à ce que retraite ou mort s'ensuive ! Alors arrête de ferrailler, coco, et va chercher les quatre cents balles, si tu veux récupérer ta carriole ! Parce que là, franchement, tu perds ton temps, et tu nous fais perdre le nôtre.

— Il y a vraiment là de quoi s'immoler par le feu sur la Grand-Place !, dit Omar, soudain menaçant. Ou même sur le parvis de la chambre des représentants, de l'autre côté du fleuve.

— Ça a marché en Tunisie, répliqua le brigadier, un rictus sardonique sur la figure.

— Ça peut aussi marcher au Maroc.

— Au Maroc, tu brûlerais jusqu'à la trame, personne, ou presque, ne remuerait le petit doigt !

— Qu'est-ce que vous en savez ?

— Ce que l'Histoire de ce pays m'a appris : les Marocains ne se soulèvent que lorsqu'ils ont faim, et seulement lorsqu'ils ont faim. Un peuple digestif, quoi. L'État central l'a bien compris lors des émeutes de 81. Tu n'étais pas encore né, toi, coco ! Depuis, et pour parer à toute récidive, il a fixé le prix du pain à un dirham, achetant ainsi la paix sociale pour toujours… Ce que le commun des mortels ignore, c'est que le poids du pain, lui, a baissé des deux tiers depuis 81 ! Mais c'est une autre histoire… »

Omar pivota brusquement sur ses sandales et s'en alla, maudissant le genre humain, postillonnant, donnant des coups de poing et de pied dans l'air.

Arrivé dans son gourbi, une question lui vint à l'esprit : ne serait-il pas moins coûteux d'abandonner sa carriole au brigadier, contenu et contenant ? Il prit un papier, un crayon et s'abîma dans une longue opération de calcul. La carriole lui avait coûté deux cents dirhams à l'achat. Au moment de la confiscation, il lui restait quatre pastèques, six melons, dont trois plus ou moins abîmés, un demi-cageot de prunes, la vieille balance et les masses marquées. Le tout lui aurait rapporté cent vingt dirhams, cent cinquante, en majorant, ce qui ferait trois cent cinquante dirhams au total, autrement dit, cinquante dirhams de moins que le montant de la rançon exigée par ce bandit de Keddour ! Il ferait donc mieux d'abandonner là sa carriole et de repartir à zéro.

20

Omar n'avait plus de quoi se nourrir. Sa bourse venait de rendre l'âme ; il n'y restait plus qu'une pièce de cinq dirhams et quelques poussières. *Même pas de quoi acheter une corde pour me pendre !*, se dit-il, riant un peu de lui-même.

Il pouvait, bien sûr, avoir une ardoise chez Hmad, en attendant des jours meilleurs ; l'épicier berbère ne lui refuserait pas cette faveur. Mais il en avait marre de manger des sandwichs à la sardine en conserve ou à La Vache qui rit ; il avait envie d'un vrai repas, chaud et consistant, un repas fait maison, de préférence !

En cogitant ainsi, Omar se souvint que c'était un vendredi, jour où l'on offre du couscous aux pauvres dans les mosquées après la grande prière – une vieille coutume à laquelle certaines familles aisées du pays tenaient encore. Sans plus attendre, il mit le cap sur la mosquée du quartier, appelée Ismaïlia par certains, *sidi* Ahmed Hajji par d'autres. Rien d'étonnant : il est des lieux comme ça, au pays, qui portent deux ou trois noms. Les gens n'en connaissent souvent qu'un seul, ce qui provoque parfois confusions et malentendus.

Omar fit la prière, écouta le prêche hebdomadaire consacré, ce jour-là, à *la fraternité entre musulmans*, sentiment vivement recommandé par le Livre et le hadith. « En islam, dit l'imam, le terme *fraternité* est polysémique : il signifie amour, unité, solidarité, secours... Les musulmans entre eux, ajouta-t-il, citant un hadith authentifié, doivent être comparables à un corps vivant : lorsqu'un membre est affecté, c'est tout le corps qui s'enfièvre et partage la douleur. » Il donna des exemples mettant en scène le prophète de l'islam et ses compagnons, cita à chaque fois une sourate ou un hadith… La voix de l'imam était faible, traînante, monocorde, hypnotique, pour tout dire. Les pratiquants somnolaient sur leurs tapis de prière, le cou cassé, la bouche ouverte, la tête dans le creux de l'épaule. Ils se réveillaient de temps en temps, en sursaut, maudissaient Satan qui les empêchait d'écouter la parole sacrée, se rendormaient de nouveau… Il n'y a rien de plus soporifique que le prêche du vendredi ; son effet sur les auditeurs est aussi puissant qu'instantané.

Le prêche terminé, les pratiquants se dispersèrent, pressés de regagner leurs demeures où les attendait sans doute le couscous du vendredi, bien garni de légumes et de viande.

Seuls deux hommes n'avaient pas quitté les lieux ; ils fouillaient dans les étagères installées à l'entrée de la mosquée. N'ayant pas retrouvé leurs chaussures, ils se résolurent à rentrer chez eux pieds nus.

« La fraternité entre musulmans, mon œil !, dit l'un d'eux sur un ton à la fois acerbe et railleur. Nous voilà bien servis !

— En ce qui me concerne, renchérit l'autre avec une colère froide, ma décision est prise, et elle est irrévocable : plus jamais je ne remettrai les pieds dans cette mosquée !

— Les vols de chaussures sont monnaie courante dans les autres aussi. J'ai lu récemment un article sur le sujet dans le journal.

— Puisque c'est comme ça, je prierai désormais chez moi. Dieu n'est-Il pas omniprésent ? »

Ils s'en allèrent, rasant les murs, la tête baissée, marchant prudemment pour ménager leurs pieds.

Omar s'assit sur le perron de la mosquée, le dos contre la balustrade en fer forgé, le menton dans le creux de la main, les yeux fixant vaguement un point sur le trottoir. Il attendait qu'un bienfaiteur du quartier arrivât avec un couscous en offrande aux pauvres. Son attente dura une bonne demi-heure. En vain. *On dirait,* pensa-t-il, *que les bienfaiteurs du quartier s'étaient tacitement donné le mot pour ne pas faire d'offrande ce vendredi-ci.*

Alors qu'il s'apprêtait à quitter les lieux bredouille, une Mercedes classe C flambant neuve freina devant la mosquée. Un barbu en *gandoura* et calotte en descendit, retira du coffre un grand plat en terre cuite couvert d'un carré de tissu blanc. Une odeur exquise de bon couscous chatouilla les narines d'Omar ; de l'eau lui vint à la bouche. Le barbu monta les marches du perron, le plat entre les mains.

« Viens avec moi, mon frère en Allah ! », dit-il à Omar.

Il pénétra dans la salle de prière, avança jusqu'en face du *mihrab**, posa le plat sur la moquette, ôta le carré de tissu, puis la cellophane : c'était une *tfaya**, dite aussi *couscous des riches.* L'homme balaya des yeux le hall de la mosquée : personne. Il haussa les épaules, étonné.

« Vas-y, mon frère en Allah, mange ! »

Omar retroussa ses manches, prononça le *Bismillah** de rigueur et attaqua le plat, tandis que le bienfaiteur, assis en tailleur un peu plus loin, le dos contre un pilier, visionnait sur son téléphone portable la vidéo d'un prédicateur égyptien, à en croire son accent. Chaque fois qu'il prononçait le nom du prophète Mohammad, l'homme répétait après lui : « Prière et salut d'Allah sur lui ! » Parfois, il s'écriait avec enthousiasme : « *Soubhan Allah* ! Soubhan Allah !* »

C'était un quinquagénaire trapu et massif, tassé comme une borne kilométrique, un de ceux que l'on appelle communément les *frères*, sans jamais préciser de qui. Sa mise indiquait clairement son obédience salafiste* à peu près comme le pavillon d'un navire indique sa nationalité : calotte immaculée, front scellé de la *zabiba** – preuve d'une pratique zélée de la prosternation –, lèvre supérieure rasée, barbe en crins de balai, *gandoura* couleur de la nuit, saroual bouffant et sandales bédouines.

L'homme se faisait appeler *Abou** Merouane, un nom d'emprunt, choisi par imitation des premiers musulmans, souvent porteurs de surnoms commençant par *Abou* ; sans doute aussi pour éviter de se faire repérer en cas d'ennui, les salafistes ayant parfois maille à partir avec la justice.

Il faut dire qu'*Abou* Merouane était un cadre important au sein de la Mouvance, une secte islamiste radicale, née à Salé au début des années soixante-dix. Et, comme tous les cadres de la Mouvance, il était riche, très riche, sans que personne ne connût l'origine exacte de sa fortune.

Abou Merouane habitait la partie huppée de Salé, ce qui ne l'empêchait pas de fréquenter, depuis une dizaine d'années déjà, la mosquée Ismaïlia, située dans le quartier le plus défavorisé de la ville. Pourquoi avait-il jeté son dévolu sur cette mosquée-là, exactement ?

« Les meilleurs musulmans se trouvent parmi les pauvres », répondait-il chaque fois qu'un curieux lui posait la question.

Abou Merouane était très apprécié par les gens du quartier, aussi bien pour son vaste savoir religieux que pour sa générosité à toute épreuve. L'homme donnait sans sourciller, de son argent et de son temps, nourrissait les pauvres, défendait la veuve et l'orphelin, prenait en charge les malades démunis, un bon samaritain, en somme.

21

Abou Merouane avait voué sa vie entière à l'islam : il prêchait partout la parole d'Allah, dispensait gracieusement des cours aux pratiquants souhaitant en savoir un peu plus sur leur religion, collectait de l'argent pour la construction et la restauration des mosquées, dirigeait les cérémonies de conversion des étrangers, faisait office de guide durant le pèlerinage à La Mecque…

Mais *Abou* Merouane était, avant tout, un fin connaisseur de l'islam : il savait par cœur les 114 sourates du Livre, des centaines de hadiths, l'exégèse coranique, la *charia**, les hagiographies des khalifes... Personne à la mosquée Ismaïlia n'osait contester ses dires, pas même le maître de céans, l'imam Moulay Ahmed Al-Hachimi.

Du reste, *Abou* Merouane était un tribun hors pair : il avait l'expression aisée, l'éloquence puissante, le verbe haut, le mot précis, le ton juste, la réplique fulgurante, l'argument inattaquable.

« Merci beaucoup, *sidi*, pour le délicieux couscous, lui dit Omar en recouvrant le reste du plat.

— C'est le Très-Haut qu'il faut toujours remercier pour les actes de bienfaisance des humains, répliqua *Abou* Merouane, citant de mémoire un hadith ; car c'est Lui, et Lui seul, qui les décide à les faire.

— Allah l'Immense a dit vrai !, murmura Omar.

— C'est un hadith, le reprit *Abou* Merouane, pas un verset.

— Pardon, *sidi*. Mon savoir religieux et ma connaissance de la langue arabe classique sont des plus rudimentaires.

— Ce n'est pas grave ; l'ultime messager de Dieu, prière et salut sur lui, ne savait ni lire ni écrire. »

Abou Merouane rangea son téléphone mobile dans la vaste poche de sa *gandoura* et vint s'asseoir en fakir devant Omar. Il se présenta brièvement. Omar fit de même.

« Tu n'es pas de Salé, à ce que je vois, Omar ?

— Non, *sidi*.

— Puis-je savoir d'où tu es ?

— De Tizi Ounddame, *sidi*. Un village du Haut Atlas.

— Tu es donc berbère, n'est-ce pas ?

— Oui, *sidi*.

— J'ai souvent entendu dire que les Berbères sont peu religieux et que leur observance des lois islamiques laisse beaucoup à désirer. Est-ce vrai, Omar ?

— Désolé, *sidi*, mais je ne peux parler que des gens de mon village ; les autres, je ne les connais pas assez.

— Parle-moi des gens de ton village, alors.

— Ils sont tous croyants, *sidi*, plus ou moins pratiquants aussi. Mais, pour gérer les affaires courantes, ils recourent plutôt à *Azerf**.

— C'est quoi, ça ?

— Le droit coutumier berbère.

— Si ce n'est pas malheureux, ça !, marmonna-t-il en hochant la tête d'un air dépité. Si ce n'est pas malheureux, ça !

— Pourquoi, *sidi* ?, lui demanda Omar, curieux.

— Une communauté qui se dit musulmane mais qui, en même temps, applique un droit païen dans la gestion de ses affaires courantes : n'est-ce pas malheureux, ça ?

— Excusez-moi, *sidi*, répliqua Omar, mais *Azerf* est le droit coutumier des Berbères depuis la nuit des temps. Et comme ils en sont satisfaits, ils ne voient pas l'utilité de le remplacer par un autre, si évolué soit-il. »

Abou Merouane fusilla Omar du regard.

« Tu as encore beaucoup à apprendre, jeune homme, lui dit-il avec une condescendance à peine voilée.

— J'en suis tout à fait conscient, *sidi*, répondit Omar.

— Justement, j'ai une proposition à te faire à ce sujet.

— Laquelle, *sidi* ?

— Voudrais-tu en savoir un peu plus sur notre religion ?

— Je voudrais bien, *sidi* ; mais, ces jours-ci, j'ai une priorité, pour ne pas dire une urgence.

— Puis-je savoir laquelle ?

— Je dois trouver, le plus tôt possible, un travail qui me permette de me nourrir et payer mon loyer.

— Parce que tu n'as pas de travail ? »

Et Omar de faire à *Abou* Merouane le récit de ses déboires en tant que marchand des quatre-saisons dans les ruelles de Salé : la première confiscation de sa baladeuse par les agents de l'autorité, la grosse rançon payée pour la récupérer, la deuxième confiscation trois semaines plus tard… *Abou* Merouane l'écoutait avec empathie, les doigts fourrageant dans sa barbe.

« Quand Allah, Clément et Miséricordieux, ferme une porte, dit-il à la fin du récit, citant de nouveau un hadith, Il en ouvre une autre, plus vaste et mieux accueillante !

— Je l'espère, murmura Omar.

— Espérer ne suffit pas.

— Que dois-je faire d'autre, *sidi* ?

— Purger ta foi. »

Omar haussa les sourcils, les yeux grands ouverts, l'air tout ébahi. Il avait, à maintes reprises, entendu le mot « purger », mais c'était à chaque fois de la bouche d'Ouhemmou, le propriétaire de l'unique fourgonnette qui faisait la navette entre le village d'Imlil et Ifri n'Izem. Ouhemmou s'arrêtait parfois sur la piste pour, disait-il, « purger le radiateur » de son tacot. Il éteignait le moteur, dévissait le bouchon de vidange du radiateur et laissait couler sur le sol un liquide rosâtre et fumant, jusqu'à la dernière goutte. Il revissait ensuite le bouchon, remplissait un bidon dans le ruisseau et le versait, lentement, dans la bouche du radiateur. Une vapeur ardente montait alors du moteur. Quelques minutes plus tard, il refermait le capot et redémarrait.

Autant Omar comprenait le verbe « purger » associé au nom « radiateur », autant il était incapable de lui trouver un sens dans la phrase d'*Abou* Merouane. Il lui posa la question :

« Purger ma foi, dites-vous, *sidi* ?

— Oui.

— De quoi, *sidi* ?

— Des apports païens.

— Comment, *sidi* ?

— En optant pour l'islam authentique, celui que nos valeureux ancêtres du Hedjaz[1] suivaient au premier siècle de l'hégire.

— Navré, *sidi*, mais je n'en suis pas du tout capable.

— Pourquoi ?

— Ma culture religieuse est pauvre, *sidi*, très pauvre.

— Voici venue l'occasion de l'enrichir, Omar. Voudrais-tu la saisir ?

— Oui, *sidi*, je veux bien. Mais, avant, je dois absolument trouver un travail. Mes maigres économies se sont épuisées, et, depuis, je tire le diable par la queue.

— Pour commencer, reprit *Abou* Merouane sans prêter attention à l'objection d'Omar, je t'invite à une *maouïda** qui aura lieu ce soir, dans un *riad* situé à deux pâtés de maisons de la mosquée. »

Une *maouïda* ? Omar se tint sur ses gardes, méfiant comme une belette ayant repéré un mouvement suspect

1. Région du nord-ouest de la Péninsule arabique.

dans les parages. Il ne connaissait pas ce mot, ne l'avait jamais entendu, mais il s'en méfiait d'emblée, en grande partie à cause de sa sonorité. Les deux premières syllabes, *maou*, éveillèrent en lui une peur bleue, qui remontait à son enfance : c'était le nom, ou plutôt le surnom, d'une vieille femme du village venue tout droit des contes de fées. Sourde, muette, échevelée, les oreilles pointues, les yeux hagards, le nez crochu, la bouche entièrement démeublée, Maou était la terreur des enfants de Tizi Ounddame. Il suffisait de prononcer son nom, ou plutôt son surnom, pour qu'ils s'enfuissent à toutes jambes. Les adultes, eux, disaient qu'elle portait la poisse. Ceux qui la croisaient le matin, avant le lever du soleil, regagnaient aussitôt leurs demeures de peur qu'il leur arrivât un malheur.

Alors qu'Omar s'efforçait vainement de deviner le sens du terme *maouïda*, un autre souvenir, non moins épouvantable, lui vint à l'esprit : la scène avec le dinandier sodomite, chez lui, à Marrakech. Elle aussi avait lieu le soir, à la même heure, et dans un *riad*, à deux pâtés de maisons de l'atelier ! Cela faisait beaucoup de coïncidences, un peu trop, même. Omar se sentit soudain dans une situation de danger imminent. Son inquiétude monta d'un cran, ses muscles se tendirent, sa nuque se hérissa. Il décida d'en avoir le cœur net :

« Puis-je vous poser une question, *sidi* ?

— Mais bien sûr, Omar, bien sûr.

— Qu'est-ce que cela veut dire, *maouïda* ?

— C'est un prêche prononcé par un *cheikh**, autrement dit un fin connaisseur du saint coran et du hadith. Il est destiné à ceux qui souhaitent en savoir un peu plus sur l'islam. La *maouïda* est toujours suivie d'une séance de questions-réponses d'à peu près une heure, au cours de laquelle les auditeurs posent des questions sur le sujet du jour, demandent des éclaircissements, des précisions… »

Rassuré, Omar accepta enfin l'invitation d'*Abou* Merouane, avec l'espoir que la *maouïda* promise apporterait quelques éléments de réponse aux nombreuses questions existentielles qu'il se posait depuis la subite disparition de sa mère.

22

Après s'être acquittés d'*al-âcha'a*, Omar et *Abou* Merouane quittèrent la mosquée ensemble. Il faisait nuit. Une petite bise frisquette s'était levée de l'océan ; mais les ruelles de la Médina grouillaient encore de monde, une vraie fourmilière. Des bambins y jouaient au football sous la lumière parcimonieuse des lampadaires, criant et jurant comme des charretiers, sans se soucier nullement des riverains ni des passants qui protestaient. Les fillettes jouaient à la marelle sur des aires de jeu sans cesse foulées par des piétons indifférents, tandis que leurs mamans, d'opulentes matrones, papotaient sur le pas des portes à grand renfort de gestes larges et d'interjections braillardes. De temps en temps, une vulgarité à faire pâlir un chiffonnier fusait, couvrant toutes les voix, tous les bruits.

Au détour d'une venelle, *Abou* Merouane croisa un taliban, le chef coiffé d'un turban à la mollah, la barbe dégringolant jusqu'au pubis, une espèce de chèche gris sur l'épaule droite. Les deux hommes se jetèrent dans les bras l'un de l'autre comme des amis intimes qui se retrouvent après une longue séparation. Les salamalecs d'usage terminés, ils se mirent à parler politique, du roi, ses conseillers et ses ministres, baissant sensiblement la voix, jetant des regards suspicieux autour d'eux. Omar s'éloigna un peu pour les laisser parler à leur aise. Il s'arrêta devant un clochard affalé au beau milieu de la ruelle, les pieds dans la bouche d'un égout à moitié découvert. Il parlait à un chaton efflanqué et chétif.

« Te revoilà enfin, mon petit !, lui dit-il, la figure barrée d'un large sourire édenté, la langue pâteuse. Je suis ravi de te revoir… Mais qu'est-ce que tu as, mon petit ? Pourquoi tu boites de la patte arrière ? (Il tendit le bras, souleva le chaton, examina longuement sa patte, les sourcils froncés, le front raviné de trois rides profondes, l'air inquiet.) Mais elle est toute tuméfiée, ta patte, mon petit ! Une fracture, sans doute. Peut-être même plusieurs fractures. C'est sûrement un de ces satanés galopins qui te l'a écrabouillée, n'est-ce pas ? Je t'avais pourtant prévenu, mon petit ! À plusieurs reprises, même. Tu te souviens ? Je t'ai dit de ne jamais t'approcher de ces rejetons du diable, de ne jamais leur faire confiance ! Ils n'ont aucune empathie, aucune pitié pour les animaux, surtout les plus vulnérables comme toi. Comment peuvent-ils en avoir si personne n'a jamais pris le soin de les sensibiliser à la cause animale, ni leurs parents ni leurs instituteurs ? Oui, je t'avais prévenu, mon petit, à plusieurs reprises. Je t'avais bien dit de ne jamais t'approcher de ces petits monstres. Je les connais bien, moi. Je sais de quoi ils sont capables. Je les ai vus à l'œuvre, de mes yeux vus, ici et ailleurs. Je les ai vus pendre deux chiots à un lampadaire, déplumer une mouette vivante, disséquer des oisillons tombés de leur nid, éventrer une taupe, décapiter un crapaud, briser en mille morceaux la carcasse d'une tortue… Je les ai vus à la cité des Roses imbiber d'essence un chien malade et le brûler vif ! La malheureuse bête hurlait de douleur ; ses tortionnaires, eux, éclataient de rire, se tapaient dans les mains ! Oui, mon petit, je t'avais prévenu contre ces petits monstres. Mais tu ne m'écoutais pas. Si tu m'avais écouté, tu ne te serais pas retrouvé aujourd'hui dans ce déplorable état, avec une patte écrabouillée, complètement hors d'usage… »

De la poche de son blouson, le clochard retira un couteau à cran d'arrêt. Les cheveux d'Omar se dressèrent, sa chair se hérissa. *Allait-il commettre l'irréparable ?*, se demanda-t-il, prêt à intervenir pour lui arracher le chaton des mains. Patiemment, le clochard coupa le pan gauche de sa chemise dans le sens de la largeur, en banda, avec beaucoup de délicatesse, la patte abîmée de l'animal. Ce faisant, il continuait de lui faire des remontrances sur son imprudence et sa naïveté envers les enfants de la ruelle.

« Voilà, mon petit, lui dit-il à la fin de l'opération. J'espère que mon bandage de fortune tiendra jusqu'à la guérison. »

Le chaton regarda sa patte bandée d'un air méfiant. Il essaya de marcher, se ravisa aussitôt. À ce moment, deux gamins déboulèrent du tournant à fond de train, l'un pourchassant l'autre, jurant à mots ignobles. Le premier manqua d'écraser le petit animal.

« Fils de putain de bordel de merde !, cria le clochard, les traits du visage tendus, les yeux chauffés à blanc, hors de lui. Tu as failli achever cette pauvre bête déjà très mal en point ! »

Le gamin se retourna, lui fit un doigt d'honneur et reprit sa course.

« T'as vu, mon petit ?, enchaîna le clochard, la voix soudain radoucie. Il s'en est fallu de peu que ce petit monstre te réduise en bouillie ! Quelques centimètres à peine. Heureusement que j'étais là ! Mais, la prochaine fois, je ne serai peut-être pas là, mon petit. La prochaine fois, tu ne couperas pas à la mort. Non, tu n'y couperas pas. (Il alluma une cigarette, tira une profonde bouffée, l'œil pensif.) La vérité, mon petit, est que tu n'as aucune chance de survivre dans cette ruelle. Tu n'as aucune chance de survivre dans les autres ruelles non plus, remarque. La mort rôde partout. Je ne vois pas comment tu peux y couper, mon petit. À part peut-être t'exiler, partir loin, sur une terre où les animaux sont aimés et respectés. Il y en a de l'autre côté des océans… Oui, tu dois t'exiler, mon petit, et le plus vite sera le mieux. Feu mon père disait : “Quand il faut partir, le meilleur moment est le premier”. Qu'en dis-tu, mon petit ? Tu veux t'exiler ? Oui, tu veux bien ! T'en as ras-le-bol, toi aussi, n'est-ce pas ? Eh bien, allons-y ! Allons-y tout de suite, mon petit ! Je vais te donner un coup de main ; l'émigration clandestine nécessite de la logistique. Allons-y, mon petit ! Le temps presse… »

Le clodo serra le petit félin contre sa poitrine puis se releva, non sans peine.

« Je vais de ce pas t'emmener à la marina. Tu sais où c'est, la marina, mon petit ? Non, tu ne sais pas. Comment peux-tu le savoir, si personne ne t'y a jamais emmené ? La marina, mon petit, se situe de l'autre côté du fleuve. Il y a, là-bas, un port de plaisance, où des yachts étrangers mouillent nuit et jour. Je trouverai un moyen de te faire monter à bord de l'un d'eux, le plus luxueux de tous. Tu te cacheras dans un coin jusqu'à ce que le bateau quitte la marina. Ce ne sera pas compliqué pour toi de trouver une cachette, menu que tu es. Si le propriétaire te découvre en haute mer, il n'aura d'autre choix que celui de te garder jusqu'à l'arrivée sur l'autre rive. Ce faisant, il finira par s'attacher à toi. Si ce n'est pas lui, ce sera sa compagne, ou son compagnon. Et ils t'adopteront, comme un enfant. Et ils te donneront un prénom : Titi, Mili, Noa, Fly, que sais-je. Dans le pire des cas, ils te confieront à des personnes qui s'occuperont bien de toi ou, à défaut, à une association pour la protection des animaux. Il y en a, dit-on, là-bas deux fois plus que celles pour la protection des humains… »

Le clodo tira de nouveau sur sa cigarette, le regard au loin, songeur. « Tu sais quoi, mon petit ? J'aimerais bien être du voyage, t'accompagner jusque sur l'autre rive. C'est mon vœu. Un vœu pieux, comme on dit, puisqu'il n'a pas la moindre chance de se réaliser. C'est triste à dire, mon petit, mais en tant qu'humain, il m'est impossible d'y arriver. À la première tentative, je me ferai arrêter et chasser à coups de pied au cul. Il se peut même que je me fasse coffrer. Toi, par contre, mon petit, tu peux y arriver sans guère de difficultés. Tu peux passer par les mailles du filet, comme on dit ; petit que tu es, personne ne remarquera ta présence… »

Le clodo s'en alla, le chaton serré contre lui, la démarche mal assurée, les jambes flageolantes.

Quelques minutes plus tard, *Abou* Merouane prit congé du taliban après une vigoureuse accolade à la moudjahidine. Omar le rejoignit.

« Pardon de t'avoir fait poireauter si longtemps !

— Ce n'est pas grave, *sidi.* »

Ils reprirent la marche à travers les ruelles, s'enfonçant de plus en plus dans le vieux Salé.

Au détour d'une ancienne fontaine, devenue pissotière publique, *Abou* Merouane s'arrêta devant une vieille porte en bois de chêne ancien, ornée de clous noirs et d'un heurtoir en laiton couvert de crasse. Omar prit soudain peur : le souvenir du dinandier sodomite de Marrakech lui revint en mémoire. Il ferma les paupières, secoua la tête pour le chasser. *Il n'y a aucune comparaison entre les deux hommes*, se dit-il pour se donner du courage. *Non, il n'y a absolument aucune comparaison possible. Abou* Merouane poussa la porte entrebâillée en bredouillant un « *Bismillah !* » Il franchit le seuil de la maison en habitué des lieux. Omar le suivit après une courte hésitation.

23

Vue de l'extérieur, la maison n'avait rien de particulier : une façade tout à fait semblable aux autres : blanchie au lait de chaux, écaillée par endroits, et une porte en bois de chêne ancien, un peu de guingois comme c'est souvent le cas des vieilles portes à la Médina. Passé le vestibule, on se retrouvait dans le patio d'un vaste *riad* fraîchement restauré. Tout autour, des piliers et des voûtes formant une succession de galeries plongées dans la pénombre. Le *riad* avait récemment subi des modifications, dictées sans doute par sa nouvelle fonction de lieu de culte. Ainsi, le jardin, la fontaine et le bassin avaient-ils été rasés. Rasés aussi tous les aspects décoratifs communs aux *riads* : les moucharabiehs, les balustrades, les plafonds en bois sculpté, les fresques aux figures géométriques, le *zellige* ornant le sol et les murs, le stuc... Le patio, toujours à ciel ouvert, avait été coiffé d'un dôme vitré. Résultat : les lieux tenaient plus d'une maison ordinaire que d'un *riad* à proprement parler. Le seul et unique ornement visible était un tableau en bois vernissé, de forme rectangulaire, fixé sur le pilier central ; il portait une phrase calligraphiée dans le style *hijazi*, celui dont furent écrits les premiers exemplaires du coran arrivés au Maroc : « *Notre islam aura le dernier mot.* »

Assis en fakir sur des tapis de laine étendus dans le patio, une centaine de *frères* discutaient çà et là, en petits groupes, à grand renfort de versets et hadiths.

« *Salamou âléïkoum !* », lança *Abou* Merouane à la cantonade.

Les *frères* se redressèrent tous d'un bond et allèrent à sa rencontre. Ils le saluèrent, l'un après l'autre : une poignée de main accompagnée d'une courbette obséquieuse. Omar prit soudain conscience de l'importance d'*Abou* Merouane. Sa méfiance se dissipa, sa peur aussi.

« Je vous présente notre nouveau *frère en Allah*, leur dit-il.

— Bienvenue à la maison de Dieu !, murmurèrent des voix.

— Il nous vient d'un village berbère du Haut Atlas. Comment il s'appelle déjà, ton village, Omar ?

— Tizi Ounddame, *sidi*.

— Qu'est-ce que cela veut dire ?

— Le col du poète, *sidi*, répondit Omar.

— Le col du poète !, répéta *Abou* Merouane. Y a-t-il une explication à ce curieux nom, Omar ?

— Les anciens du village racontent qu'un grand poète du pays se retirait là pour courtiser les Muses.

— Un *grand* poète !, releva *Abou* Merouane en appuyant sur l'épithète, un rictus railleur sur la figure. Il n'y a de *grand* qu'Allah, le Maître de l'univers ; le reste, tout le reste, est petit, infinitésimalement petit.

— Sans doute, *sidi*, murmura Omar, gêné et confus.

— Par ailleurs, reprit *Abou* Merouane, le saint coran condamne sans équivoque les poètes et leurs admirateurs : "Et quant aux poètes, ce sont les égarés qui les suivent. Ne vois-tu pas qu'ils divaguent dans chaque vallée et qu'ils disent ce qu'ils ne font pas ?" Sourate 26, versets 224 – 227. Un hadith rapporté par le compagnon du prophète, *Abou* Houraïra, bénédiction d'Allah sur lui, compare la poésie à la chose la plus dégoûtante qui soit : "Que le ventre de l'un d'entre vous soit rempli de pus jusqu'à en être rongé vaut mieux pour lui que d'être empli de poésie." »

Omar écoutait, déconcerté. Il savait que la fornication, l'alcool, les jeux de hasard et la consommation de la viande porcine sont formellement interdits en islam ; personne ne lui avait dit que la poésie faisait partie des interdits. C'est la particularité de l'islam berbère : il puise dans les textes fondateurs, coran et recueils de hadiths, les enseignements conformes au bon sens, fait l'impasse sur tout ce qui ne l'est pas : la peine capitale, la polygamie, la lapidation des fornicateurs, l'amputation de la main du voleur, la flagellation, l'inégalité homme – femme en héritage, la mise de la femme sous la tutelle masculine, etc.

« *Tizi ddame*, reprit *Abou* Merouane.

— Tizi Ounddame, *sidi*, rectifia discrètement Omar.

— Il va falloir arabiser tous ces noms, enchaîna *Abou* Merouane sans prêter attention à la correction d'Omar, et achever ainsi le travail toponymique commencé par nos valeureux ancêtres arabes, que leur âme repose en paix !

— Amen !, répondirent les *frères* d'une seule voix.

— Justement, ajouta *Abou* Merouane après un court silence, j'ai une proposition de nom pour ton village, Omar.

— Laquelle, *sidi* ?

— *Kimmat al-imam !* Le col de l'imam. Avoue, Omar, que c'est plus beau que Tizi machin, et que ça sonne nettement mieux à l'oreille ! »

Omar ne sut que répondre. *Abou* Merouane poursuivit :

« Mais, faisons les choses dans l'ordre ! (Il se retourna vers ses ouailles) *Mes frères en Allah*, je vous prie de faire le nécessaire pour intégrer Omar à la Mouvance, lui apprendre l'arabe du Livre et l'islam authentique, qui est le nôtre, lui inculquer nos principes, nos valeurs... Ainsi, à l'avenir, il sera l'émissaire de la Mouvance auprès des siens, dans son village et dans les villages environnants. Beaucoup parmi vous ne le savent pas, *mes frères en Allah*, mais le talon d'Achille de la Mouvance, c'est qu'elle est très peu représentée dans l'arrière-pays, encore moins dans les régions montagneuses - une lacune que nous tâcherons de combler en faisant adhérer les jeunes de la campagne à notre doctrine. On en voit de plus en plus dans les rues de Salé, Rabat et ailleurs. Il vous suffit d'aller vers eux, faire leur connaissance, sympathiser avec eux et, de fil en aiguille, les amener ici, à la maison de la Mouvance. Nous nous chargerons du reste : nous leur ferons bon accueil, prendrons soin d'eux, les aiderons à trouver un logement, un emploi, un pas-de-porte, un fonds de commerce... La Mouvance a récemment débloqué un budget important à cet effet : deux millions de dirhams, une somme considérable... »

Abou Merouane jeta un coup d'œil sur sa montre.

« Il se fait tard pour le prêche, dit-il. Installez-vous, mes *frères* ! »

Il prit place sur une peau de mouton à la laine dense et fine. Les *frères* s'assirent en cercle autour de lui. Omar suivit le mouvement. Un silence se fit dans le patio. *Abou* Merouane s'éclaircit la voix, prononça un « *Salamou âléïkoum !* » grave et solennel. Les *frères* répondirent : « *Aléïkoumou salam* !* » *Abou* Merouane commença le prêche du soir, intitulé « Les vertus de la patience en islam ». Les *frères* l'écoutaient avec déférence et recueillement. Ils ne desserraient les lèvres que pour dire de concert la prière sur le prophète de l'islam chaque fois que son nom était prononcé, c'est-à-dire toutes les trois ou quatre phrases, à peu près.

Émerveillé par le vaste savoir et le charisme d'*Abou* Merouane, Omar remercia intérieurement Allah d'avoir croisé son chemin avec celui de cet homme exceptionnel, à une période si difficile de sa vie qui plus était. Il se souvint, avec de vifs regrets, de l'instant où il défendait *Azerf* devant lui. *Je devais,* se dit-il en riant de lui-même, *avoir l'air du péquenot ignare qui en remontre à son imam !*

Abou Merouane prêchait dans une langue arabe archaïque, celle parlée à La Mecque et Médine aux premières années de l'hégire. Omar ne comprenait qu'un mot sur quatre, à peine. Profitant d'une pause, il s'en ouvrit à son voisin, un freluquet vêtu d'une *gandoura* beige, avec manches courtes, le menton orné d'une barbiche de bouc, longue et pointue.

« Écoute la parole de Dieu avec ton cœur !, lui répondit celui-ci, lissant des doigts sa longue barbiche, l'air condescendant. Le sens y importe moins que l'effet qu'elle peut avoir sur l'auditeur. »

24

À la halle aux fruits et légumes de Salé, le travail ne manque pas, pourvu que le postulant ait les bras vigoureux et les jambes solides ; le reste ne compte pas.

À la halle aux fruits et légumes de Salé, tout candidat remplissant les deux conditions requises peut tout de suite accéder aux lieux comme porteur, le seul et unique travail disponible.

À la halle aux fruits et légumes de Salé, les porteurs s'appellent tous : « *Gagne-son-pain.* » Les marchands et les intermédiaires qui les engagent, souvent pour accomplir des tâches de courte durée, rémunérées séance tenante, ne se donnent pas la peine de les appeler par leurs noms, ni même de leur demander s'ils en ont un. À quoi bon ?

À la halle aux fruits et légumes de Salé, le travail se fait généralement en deux temps : décharger les camions arrivés tout droit des fermes avec, à bord, des piles de caisses remplies de légumes ou de fruits ; recharger les mêmes caisses, après leur vente, à bord d'autres camions, charrettes ou triporteurs, qui les acheminent aussitôt vers les souks et magasins de la ville.

À la halle aux fruits et légumes de Salé, le travail de porteur est considéré, par tous ceux qui l'exercent, comme une solution de dernier recours, une espèce de pis-aller qu'ils prennent en attendant mieux.

Est-il besoin de le dire, le travail à la halle aux fruits et légumes de Salé est pénible, de la première à la dernière minute, une épreuve exténuante, un chemin de croix. La plupart des porteurs finissent par souffrir d'une hernie abdominale ou inguinale, et deviennent ainsi incapables de porter des charges, même légères. Pour survivre, ils se convertissent alors en vendeurs de cigarettes au détail ou gardiens autoproclamés des voitures sur les parkings publics, où le stationnement est, en principe, gratuit.

Omar avait débarqué un matin à la halle aux fruits et légumes de Salé avec l'idée que ce serait provisoire : quelques semaines, quelques mois, tout au plus, *En attendant qu'Allah ouvre une autre porte*, s'était-il dit en levant les yeux au ciel.

La première semaine passa, pénible, éprouvante, un calvaire. La deuxième le fut un peu moins ; la troisième, encore un peu moins… Rien d'étonnant : Omar s'adaptait à sa galère, petit à petit, un classique chez l'être humain.

Sa corvée terminée, il déjeunait chez El Pirata, le gargotier des lieux, que l'on disait arrière-arrière-petit-fils de Mourad Raïs, le fameux corsaire de Salé, cauchemar des bateaux européens au XVIIIe siècle. Une pitance de forçat, composée d'une soupe de fèves à l'huile d'olive et de cumin, servie dans un bol en terre cuite, un pain d'orge et un verre de thé à la menthe bien sucré. Si le client demandait un supplément, El Pirata lui offrait gracieusement un quart de pain et un demi-verre de thé.

Sa faim apaisée, Omar regagnait son réduit à Dar Driouch, éreinté, fourbu, brisé, n'aspirant qu'à retrouver sa couche. Il s'endormait souvent d'un sommeil de plomb, jusqu'au lendemain matin.

25

« On te voit de moins en moins, Omar, lui dit un soir *Abou* Merouane, un léger reproche dans la voix. Sont-ce nos prêches qui ne t'intéressent plus ?

— À Dieu ne plaise, *sidi* ! Les prêches m'intéressent. Ils m'intéressent même beaucoup. Grâce à eux, mon niveau en langue arabe classique s'est amélioré, ma culture cultuelle aussi.

— Pourquoi donc étais-tu souvent absent ces dernières semaines ?

— Je rentre du travail épuisé, à ramasser à la petite cuillère.

— Où travailles-tu, Omar ?

— À la halle aux fruits et légumes de la ville.

— Qu'y fais-tu ?

— Porteur, *sidi*.

— Porteur ?

— Oui.

— C'est un travail éprouvant, en effet. »

Un silence se fit. *Abou* Merouane se gratta le pariétal, l'œil songeur. Omar feignit de contempler ses doigts.

« Reviens me voir demain, dit enfin *Abou* Merouane. J'essaierai, avec le soutien du Très-Haut, de te trouver un travail moins fatigant. »

Omar se présenta le lendemain, malgré la fatigue et une douloureuse contracture musculaire au dos. *Abou* Merouane consacra son prêche à un sujet qui donne des sueurs froides aux croyants : « La torture de la tombe. » Il est dit quelque part dans *Sahih Al-Boukhari* qu'une fois l'être humain inhumé et les siens vaqués à leurs occupations terrestres, le tombeau se resserre autour de lui comme un étau, signe que l'heure de l'interrogatoire est arrivée. *Mounkar* et *Nakir,* deux anges noirs aux yeux bleus, se présentent alors pour l'interroger. Aux dires d'Al-Boukhari, l'envoyé spécial des musulmans dans l'au-delà, la torture de la tombe est une terrible épreuve que tout mort doit subir dès son inhumation.

Des dizaines de troglodytes, avec plus de poils que de peau visible, écoutaient le redoutable interrogatoire, le sang glacé, la gorge nouée, la nuque hérissée.

« Qui es-tu ? Qui est ton maître ? Quelle est ta religion ? Qu'en est-il de ce messager qui vous a été envoyé… ? »

Omar était assis en tailleur au dernier rang, le dos contre un pilier : il écoutait attentivement le prêche, bien qu'il n'y comprît pas grand-chose. Ce faisant, il sentit son attention décrocher peu à peu. Les paroles d'*Abou* Merouane s'éloignaient, s'entremêlaient, se brouillaient… Un instant, les paupières d'Omar se rejoignirent, sa tête s'inclina, lentement, finit par se caler dans le creux de son épaule, sa respiration devint régulière.

Alors qu'Omar dormait comme un bienheureux, une main le secoua brusquement par l'avant-bras. Il se réveilla en sursaut, effrayé : c'était Barbiche de bouc, son voisin.

« Excuse-moi, mon *frère* !, lui dit-il à voix basse. Je faisais un cauchemar. »

Barbiche de bouc pencha la tête vers son oreille :

« Tu faisais pire.

— Quoi ?

— Tu pétais comme un sapeur-pompier. »

Omar baissa la tête, honteux à l'idée que les *frères* présents au patio, dont *Abou* Merouane, aient entendu ses flatulences. *Plus jamais de la vie,* jura-t-il à part lui, *je ne mangerai cette saloperie de soupe aux fèves d'El Pirata, quitte à mourir de faim !*

Le prêche terminé, Omar se retira à la hâte dans un coin en attendant que le *riad* se vidât. Les *frères* s'agglutinèrent autour d'*Abou* Merouane comme on s'agglutine autour d'une star de cinéma ou de sport. Ils le remerciaient à l'envi, le félicitaient à qui mieux mieux, lui tressaient des lauriers...

« Laissons notre vénérable *cheikh Abou* Merouane reprendre haleine !, lança un *frère* à la cantonade. Il doit être à bout de forces après un si long prêche. »

Les *frères* s'en allèrent enfin. Omar sortit de sa cachette et se présenta devant *Abou* Merouane, les yeux baissés, honteux comme un chenapan saisi la main dans l'étalage. Il s'attendait à ce que l'homme le réprimandât ; il n'en fut rien. Au contraire :

« J'ai une bonne nouvelle pour toi, Omar », lui dit-il.

Omar poussa un ouf de soulagement. *Abou* Merouane enchaîna :

« Grâce à Allah et Son ultime messager, prière et salut sur lui, je t'ai trouvé un travail. »

Omar voulait remercier son bienfaiteur, mais les mots lui manquaient, la voix aussi. Dans le trouble de l'émotion qui le submergeait, il saisit la tête d'*Abou* Merouane entre ses deux mains et y déposa deux fervents baisers – égard traditionnellement réservé aux aînés vénérés.

« Tu ne veux pas savoir quel travail je t'ai trouvé ?, lui demanda *Abou* Merouane, surpris.

— Quel qu'il soit, répondit Omar, il ne sera pas aussi pénible que le mien actuel.

— Il en est même tout à fait l'antipode ! », précisa *Abou* Merouane.

Omar avança d'un pas vers lui avec l'intention de baiser à nouveau sa tête en signe de gratitude. D'un geste de la main, *Abou* Merouane l'en dispensa.

« C'est dans un magasin d'articles religieux au souk El-Merzouk. Tu vois où c'est, souk El-Merzouk ?

— Oui, *sidi*, je vois. Enfin, non, pas vraiment.

— *Abou* Oualid, un *frère* commerçant dans le même souk, va t'y conduire. Il commencera par te faire une visite guidée des lieux, t'apprendra ensuite le b.a.-ba du métier. Est-ce que tu connais *Abou* Oualid ?

— Un peu, de loin.

— En tenant ce commerce au souk El-Merzouk, tu feras d'une pierre deux coups : tu gagneras correctement ta vie et additionneras les bonnes actions pour le Jour de la Rétribution. Qu'en dis-tu, Omar ?

— Je suis preneur, *sidi*, se hâta de répondre Omar, pénétré de gratitude. Je ne sais comment vous remercier, *sidi*.

— C'est Allah, le Très-Haut, qu'il faut remercier !, rectifia *Abou* Merouane. Moi, je ne suis que Son serviteur. »

Pour toute réponse, Omar se cassa en deux, baisa la main droite de son bienfaiteur, à deux reprises, le cœur palpitant d'une joie débordante.

« J'allais oublier !, lui dit *Abou* Merouane, alors qu'il s'apprêtait à se retirer. Méfie-toi de ton voisin au souk, un certain Dehmane le serrurier ! Ce n'est pas une bonne fréquentation pour toi. Ni pour personne, d'ailleurs. »

26

*A*bou Oualid était un homme entre deux âges, souvent vêtu d'une vaste *abaya** noire, à la manière d'*Abou* Bakr Al-Baghdadi, le défunt calife autoproclamé de Daech. Il avait la tête coiffée d'un léger turban blanc, des yeux de mollah, grands et noirs, le regard tranchant, l'air condescendant d'un homme qui en sait sur la vie plus que tous les autres.

Tenancier d'un magasin situé à l'autre bout du souk El-Merzouk, *Abou* Oualid expliqua à Omar le fonctionnement du commerce, les règles à respecter, les erreurs à ne pas commettre, la marge bénéficiaire à laquelle il avait droit sur chaque article vendu, les deux invocations à prononcer obligatoirement tous les matins à l'ouverture du magasin : celle pour s'attirer de nouveaux clients et celle censée conjurer le mauvais œil. Enfin, pour sceller l'accord, *Abou* Oualid, les paumes tournées vers le ciel, l'air profondément recueilli, récita la sourate *Ta-ha*.

« Tiens !, dit-il à Omar après le amen conclusif. Voici les clés. Le magasin est désormais entre tes mains. Prends-en soin comme d'un dépôt sacré !

— *Frère Abou* Oualid, répondit Omar, je m'engage devant Allah, le Maître Suprême, à faire de mon mieux pour être à la hauteur de la confiance qui m'est témoignée. »

Abou Oualid lui donna une accolade à la moudjahidine, puis vaqua à ses occupations. Omar prit possession des lieux, heureux comme un roi arabe le jour de son intronisation.

27

Le petit commerce d'Omar ne tarda pas à se développer, la montée de l'islamisme et de la bêtise humaine aidant. Les articles religieux se vendaient comme des petits pains : corans, recueils de hadiths, livres d'exégèse coraniques, chapelets d'ambre, *gandouras* larges, calottes de soie noires, claquettes bédouines, tapis de prière, CD de prédicateurs et autres illuminés, urine de chamelle, eau de *Zemzem**, bois de santal, benjoin de Sumatra, musc de chevrotain, pendentifs de voiture… La clientèle d'Omar grossissait, son commerce prospérait, sa marge bénéficiaire augmentait, son bas de laine reprenait du poil de la bête. Tous les soirs, avant de se coucher, il levait ses paumes au ciel et faisait une prière pour le salut d'*Abou* Merouane.

Omar vouait désormais à son bienfaiteur une admiration sans bornes, autant pour sa bonté paternelle que pour sa prodigieuse érudition. Bientôt, il devint pour lui l'exemple à suivre, le modèle à imiter en tout, sans modération : il se laissa pousser un collier de barbe, se mit à s'habiller, à parler, à penser, à marcher comme lui.

À présent qu'il exerçait un travail de tout repos, Omar ne ratait plus aucun prêche au *riad* de la Mouvance, aussi bien ceux d'*Abou* Merouane que ceux d'autres *cheikhs*. Sa connaissance de la langue arabe classique, naguère rudimentaire, s'améliorait de prêche en prêche, sa culture religieuse s'enrichissait. Et, plus il en savait sur l'islam, plus il avait le sentiment de se soustraire au monde des ténèbres et d'accéder à celui des lumières.

Un propos d'*Abou* Merouane, exprimé en arabe dialectal, au cours d'une séance de questions-réponses, acheva de transformer la pensée d'Omar et de changer radicalement sa conception de l'existence :

« Chacun parmi vous a une mission à accomplir ici-bas.

— En quoi consiste cette mission, *sidi* ?, demandèrent plusieurs voix, dont celle d'Omar.

— À diffuser *notre* vision de l'islam autour de vous : auprès de vos proches, vos amis, vos voisins, vos collègues de travail... Chaque personne que vous gagnerez à cette noble cause vous rapportera cent possibilités de rachat le Jour de la Rétribution ; lesquelles vous permettront d'expier vos forfaits, bien sûr, mais aussi ceux des personnes auxquelles vous tenez. »

28

« Le secrétariat général de la Mouvance t'a intégré au Cercle des fidèles !, annonça *Abou* Merouane à Omar, qui venait de boucler sa première année en tant qu'adhérent au mouvement islamiste.

— Je vous remercie, *sidi*, répondit Omar sans nul enthousiasme.

— Régulièrement, ajouta *Abou* Merouane, étonné par l'indifférence du jeune homme, il faut trois ou quatre années d'ancienneté au sein de la Mouvance pour qu'un adhérent prétende accéder à ce prestigieux Cercle qu'est celui des fidèles. »

Omar regarda *Abou* Merouane, l'air interdit de quelqu'un à qui l'on s'adresse dans une langue inconnue de lui.

« Tu suis, Omar ?

— Désolé, *sidi*, mais je n'ai jamais rien compris à cette histoire de cercles au sein de la Mouvance. Voudriez-vous éclairer ma lanterne là-dessus, s'il vous plaît ?

— La Mouvance est comme une échelle permettant l'accès à la félicité suprême, répondit patiemment *Abou* Merouane. Les cercles en sont les échelons. Ils sont au nombre de cinq, comme les cinq prières : les Sympathisants, les Adhérents, les Fidèles, les Compagnons et les Intimes. Comment passe-t-on d'un cercle à un autre ?, me demanderais-tu. En remplissant cinq conditions : la fidélité à la Mouvance, le degré d'implication dans ses différentes activités, l'observance rigoureuse des principes de l'islam authentique, le dévouement et le sérieux. Durant cette année, tu as rempli toutes ces conditions, Omar. Tu les as même bien remplies. Résultat : ton intégration avancée au Cercle des fidèles. Si tu veux, c'est comme le saut de classe à l'école primaire pour les élèves à haut potentiel intellectuel... Tu as compris, maintenant, Omar ?

— J'ai compris, *sidi*. Merci beaucoup pour l'explication. Ou plutôt, merci à Allah, le Maître de l'univers. »

29

« Ça se fête, un événement pareil !, lança Dehmane, le serrurier, à Omar, le lendemain matin, alors que celui-ci venait de lever le rideau de son magasin.

— Quel événement ?, lui demanda Omar, pas vraiment enclin à discuter avec ce voisin dont la fréquentation lui avait été déconseillée par *Abou* Merouane.

— Tu ne sais pas ou tu fais semblant ?

— Je ne sais pas.

— Ta fulgurante promotion au Cercle des fidèles. »

Omar haussa les épaules, indifférent, puis se mit à remonter son tréteau.

Dehmane était un ancien de la Mouvance. Il y avait été introduit par Rehmani, son instituteur d'arabe à l'école primaire de Hay Essalam, une quinzaine d'années auparavant. Cofondateur de la Mouvance, Rehmani y occupait depuis le poste tant convoité de numéro 2.

Renvoyé de l'école pour échecs répétitifs au CM2, Dehmane avait mené une vie d'errance dans les rues de Salé, avant d'enfiler un gilet jaune et s'autoproclamer gardien de voitures sur la voie publique. Il travaillait le long de l'avenue Maâmoura, réclamait deux dirhams aux automobilistes hommes, cinq aux femmes non accompagnées d'un mâle. La plupart payaient pour avoir la paix, ou par peur de retrouver un jour leur voiture endommagée. D'autres payaient par solidarité avec le pauvre bougre sans travail ni ressources.

Quelques-uns refusaient de payer, menaçaient d'appeler la police, ou même d'arranger le portrait à l'importun.

Pour dissuader les récalcitrants, Dehmane exhibait fièrement devant eux une autorisation dûment signée par le maire de Salé en personne. Certains, acculés par un tel sésame, finissaient par payer ; d'autres, plus méfiants, demandaient à voir de près l'autorisation pour s'assurer du cachet et de la signature de monsieur le maire. C'était ainsi qu'un automobiliste avisé lui avait dit, après un examen minutieux du document, qu'ils risquaient tous les deux de se faire encager pour une assez longue période.

« Qui ça, tous les deux ?, lui demanda Dehmane, surpris.

— Le faussaire et toi : lui, pour faux ; toi, pour usage de faux. Avec des motifs d'accusation aussi lourds, vous en aurez *tous les deux* pour au moins trois ans et une grosse amende ! »

Effrayé, Dehmane jeta le soir même la fausse autorisation dans le trou des latrines, après l'avoir mise en lambeaux.

C'était l'œuvre d'un gérant de cybercafé à Bab Mrissa, obtenue moyennant un billet de vingt dirhams et un chargeur de téléphone portable.

Quelques jours plus tard, Dehmane rencontra Rehmani sur la même avenue. L'homme venait de garer sa voiture, un 4x4 rutilant, face à la terrasse du café Al-baraka. Dehmane se présenta à son ancien instituteur, qui le reconnut tout de suite.

« Cela fait un bail !, lui dit-il. Que deviens-tu ? »

Dehmane montra son gilet jaune, l'air gêné. Rehmani n'insista pas. À quoi bon. Il avait compris. Pour changer de sujet, il lui demanda des nouvelles de ses anciens camarades de classe : Amghar, Hemmadi, Ben-Chikh, El-Mejdoub, Sehraoui, Aït Mbarek, Oubella, Chouddane, Bouhouch, Chaoui, Ouled Taârabte… Le destin les avait dispersés çà et là, sur la terre de Dieu. Les plus malins avaient tiré leur épingle du jeu en décrochant un emploi dans la Fonction publique, se mettant ainsi définitivement à l'abri de la faim. Certains, tentés par le rêve européen, s'étaient exilés clandestinement en Espagne, en Italie ou en France. La plupart, comme lui, vivotaient en exerçant de petits boulots çà et là, à Salé ou à Rabat : ouvrier du bâtiment, marchand ambulant, commis de commerce, courtier, garçon de café, plongeur, veilleur de nuit, concierge…

Touché par le triste sort de son ancien élève, Rehmani décida de lui tendre la main, conformément au hadith recommandant aux musulmans aisés de venir en aide à leurs frères en difficulté. Il lui dénicha, quelques semaines plus tard, un travail dans une grande serrurerie de bâtiment installée au souk El-Merzouk. En contrepartie, Dehmane intégra les rangs de la Mouvance – condition *sine qua non* pour tout citoyen qui souhaite obtenir un emploi ou une aide financière. À la Mouvance comme ailleurs, rien n'est jamais gratuit.

Devenu travailleur salarié, Dehmane remarqua, autour de lui, un brusque changement de comportement à son égard : sa mère était désormais aux petits soins ; son père lui parlait gentiment, l'appelait *oueldi*, mon fils ; les voisins n'hésitaient plus à lui serrer la main, les filles du quartier lui souriaient dans la rue ; Iydar, l'épicier du coin, faisait précéder son prénom du titre honorifique *sidi*… Surpris par tant d'égards, Dehmane s'en ouvrit à Lembarki, son ami, bricoleur de son état, surnommé *l'Omniscient* parce qu'il savait tout faire, tout réparer.

« Normal, lui répondit celui-ci. Tu as changé de statut social.

— C'est-à-dire ?

— Tu es passé du statut de chômeur à celui d'employé. Autrement dit, de rien à quelqu'un. Il est, par conséquent, tout à fait normal que les gens autour de toi changent de comportement à ton égard.

— C'est grâce à Rehmani, mon ancien instituteur. Je ne sais comment le remercier de son bienfait.

— Par un geste en retour.

— Par exemple ?

— Lui offrir un précieux cadeau, l'inviter à déjeuner, ou à dîner. »

30

Dehmane suivit le conseil de son ami *l'Omniscient* : il invita, quelques jours plus tard, son bienfaiteur à dîner chez lui, ou plutôt chez ses parents, à Hay Essalam. Rehmani accepta l'invitation sans guère d'enthousiasme, le quartier lui rappelant par trop son passé d'instituteur à la limite de la pauvreté – un souvenir désagréable, qu'il aurait aimé gommer de sa mémoire et de celle de ceux qui le connaissaient.

Les Dehmane mirent les petits plats dans les grands, empruntèrent aux voisins meubles, couverts de table, service à thé, bibelots, déroulèrent un bout de moquette rouge à l'entrée de la maison, brûlèrent l'encens au salon.

Rehmani arriva chez ses hôtes après la prière d'*al-âcha'a*. Les Dehmane lui réservèrent un accueil digne d'un prince. Au menu du dîner, une salade composée, deux poulets de ferme au citron macéré, un tajine de jarrets de bœuf aux amandes effilées, une tarte aux fraises et des cornes de gazelle, le tout savamment apprêté et servi par Souad, la sœur cadette de Dehmane, une ravissante brune aux traits fins et réguliers, les yeux marron, splendides, le regard irrésistible. *Lalla* Milouda, la mère, s'était contentée de pétrir *le batbout*[1].

Rehmani fut finalement ravi du dîner chez les Dehmane. Après le thé aux plantes aromatiques servi à la fin du repas,

1. Pain artisanal, à la mie moelleuse et fondante.

il remercia ses hôtes de leur accueil chaleureux et convivial, complimenta longuement Souad pour son talent de cuisinière, lui avoua même qu'il n'avait jamais rien mangé d'aussi délicieux, ni à Salé ni à mille lieues à la ronde.

« Sache, chère Souad, ajouta-t-il avec enthousiasme, que tu n'as absolument rien à envier aux plus grands chefs cuisiniers du pays ! »

Rompue à la drague des mâles aussi bien qu'à celle de certaines femmes, Souad sentait que, derrière la cascade d'éloges de Rehmani, se terrait une intention suspecte. Mais, l'homme étant un haut dignitaire religieux, marié et père qui plus est, elle lui accorda le bénéfice du doute.

Souad en aurait le cœur net une semaine plus tard, quand une vieille femme nommée Lhadja Zoubida se présenta à la maison, un panier contenant des pains de sucre pendu au bras. *Lalla* Milouda la fit entrer, convenances obligent. Les deux femmes s'installèrent au salon. Souad leur servit du thé à la menthe et des *briouates** sucrées.

Les salamalecs d'usage terminés, Lhadja Zoubida entra dans le vif du sujet :

« Je viens demander la main de ta fille, ma chère Milouda.

— C'est un honneur que tu nous fais, Lhadja.

— À tout seigneur, tout honneur.

— Merci beaucoup, Lhadja. Puis-je savoir qui est le prétendant ?

— Rehmani.

— Rehmani ?

— Oui, Rehmani.

— L'instituteur qui a dîné chez nous la semaine dernière ?

— Exactement. À ceci près que Rehmani n'est plus instituteur depuis belle lurette.

— Que fait-il dans la vie, aujourd'hui ?

— Il est le numéro 2 de la Mouvance !

— Ce doit être un poste important, n'est-ce pas ?

— Et comment, ma chère Milouda ! Le numéro 2 est, en quelque sorte, l'équivalent du prince héritier. Le jour où le numéro 1 rendra l'âme, ce qui ne saurait tarder, vu sa santé déclinante, c'est le numéro 2 qui montera sur le trône, et y restera à son tour jusqu'à ce que mort s'ensuive.

— Voilà une carrière prometteuse !

— Pour une carrière prometteuse, c'est vraiment une carrière prometteuse.

— Mais, dis-moi, Lhadja !

— Quoi, ma chère Milouda ?

— Rehmani est un homme marié, que je sache ?

— Tout à fait, ma chère Milouda. Il est même doublement marié, Rehmani. Mais il souhaite prendre une troisième épouse. C'est un droit que Dieu a donné aux hommes : ils peuvent prendre jusqu'à quatre épouses, s'ils le souhaitent ; il suffit qu'ils en aient les moyens financiers, bien entendu. Et les moyens financiers, Rehmani en a. Il en a assez pour se permettre tout un harem. Sa fortune est immense, colossale. Il mène un train de monarque arabe, donne à pleines mains, à droite et à gauche, dépense sans compter… »

Lalla Milouda se retourna vers sa fille. Souad était en train de tripoter son téléphone portable à l'autre bout du salon, une oreille discrètement tendue vers les deux femmes.

« Qu'en dis-tu, ma fille ?

— Il est hors de question que je sois la coépouse d'un homme, répliqua Souad sur un ton sans appel, fût-il le roi Salmane, Zayed Al-Nahyane ou même Vladimir Poutine !

— Prends le temps de bien réfléchir avant de répondre, ma petite !, lui dit Lhadja Zoubida sur un ton où le conseil se mêlait à la remontrance. Les réponses hâtives sont souvent suivies de regrets amers, ajouta-t-elle, sentencieuse.

— Le sujet ne mérite pas réflexion, Lhadja », répliqua Souad en se redressant.

Elle rangea le téléphone portable dans la poche de son jogging et se retira.

« Où vas-tu ?, lui demanda sa mère.

— Prendre l'air. J'étouffe. »

Lhadja Zoubida posa sur la table son verre de thé à peine entamé et se releva, les sourcils joints, l'air renfrogné.

« Termine au moins ton verre, Lhadja ! », lui dit *lalla* Milouda, gênée.

Pour toute réponse, Lhadja Zoubida glissa les pieds dans ses babouches et s'en fut vers la sortie.

31

Le 4x4 de Rehmani était garé à la sortie de Hay Essalam. L'homme scrutait la ruelle, les doigts pianotant fébrilement sur le volant, l'air impatient, un peu inquiet aussi. Toutes les dix secondes, il jetait un coup d'œil sur sa montre, un autre sur l'écran de son téléphone portable, un troisième sur le rétroviseur de sa voiture. Le temps est lent pour celui qui attend, immuable pour l'amoureux qui espère une réponse favorable de l'élue de son cœur. Lhadja réapparut enfin à la sortie de la venelle, la tête baissée, l'air désappointé. Elle ouvrit sans bruit la portière arrière de la voiture et se glissa sur la banquette.

« Alors ?, lui demanda Rehmani, anxieux. Ç'a été ? »

Lhadja lui annonça la mauvaise nouvelle, à demi-mot pour ne pas le froisser. Mais une mauvaise nouvelle reste une mauvaise nouvelle, quels que soient les mots utilisés et les précautions prises pour l'annoncer. Rehmani entra brusquement dans une colère noire contre le père Dehmane. Lhadja tenta timidement de mettre le vieil homme hors de cause, mais Rehmani, en proie à un furieux emportement, ne l'écoutait plus : il fulminait, postillonnait, gesticulait comme un énergumène. Quoi ? Ce misérable Dehmane refusait de lui accorder la main de sa minette ? Croyait-il qu'il avait encore affaire au pauvre instituteur de Hay Essalam ? Ne savait-il pas qu'il était le bras droit de *cheikh* Yak et la boîte à idées de la Mouvance ? Ne savait-il pas qu'il était devenu un acteur important de la vie politique nationale ? Ne savait-il pas que les journaux et magazines du pays, toutes expressions confondues, parlaient de lui comme d'un futur grand leader politique national… ? *Ô rage ! Ô désespoir ! Ô ignorance ennemie ! N'avait-il donc tant vécu,* lui, l'illustre Rehmani, *que pour cette infamie… ?*

Le lendemain, Rehmani dégrada, sans autre forme de procès, le fils Dehmane du prestigieux Cercle des Compagnons à celui, situé tout à fait en bas de l'échelle, des sympathisants. Le jeune homme protesta avec véhémence, cria à l'abus de pouvoir, au complot, à la machination... Personne à la Mouvance n'osa prendre sa défense. Il écrivit à *cheikh* Yak, le guide spirituel, lui raconta l'histoire par le menu, lui demanda l'ouverture d'une enquête indépendante sur la flagrante injustice dont il venait d'être la victime. Rehmani intercepta la lettre. Dehmane continua de protester, de plus en plus haut, de plus en plus fort, demanda une audience au guide spirituel, menaça de faire une grève de la faim, de s'immoler par le feu devant le siège de la Mouvance…

Exaspéré, Rehmani convoqua par texto le Cercle des intimes à une réunion d'extrême urgence. FAITES VITE, leur écrivit-il, IL Y A PÉRIL EN LA DEMEURE ! Les douze membres répondirent présents, instantanément. Le conseil se tint le jour même. Après la récitation d'*Al-fatiha*, première sourate du Livre, Rehmani, l'air solennel et grave, énuméra devant eux les chefs d'accusation qui pesaient contre Dehmane, une liste longue comme le bras : intelligence avec les services de renseignement marocains et américains, apologie de la démocratie, de la laïcité, de l'homosexualité et du mariage pour tous, fornication, vote aux élections communales et législatives, baignade à la plage en caleçon, lecture de romans à l'eau de rose, fréquentation de l'Institut français, consommation de hamburgers et de sodas américains, port de blue-jeans, ouverture d'une page Facebook, visionnage de films X … Les Intimes décidèrent, à quinze voix sur douze, l'excommunication *ipso facto* de l'accusé avec, en cas de contestation du verdict, la menace d'une *fatwa** à l'échelle nationale et internationale.

32

Intrigué par l'indifférence d'Omar à l'égard de sa récente promotion au sein de la Mouvance, Dehmane revint à la charge, décidé à en percer le mystère :

« Dis donc, Omar !

— Quoi encore ?

— C'est quand même curieux qu'une telle promotion te laisse indifférent !

— Je m'en fiche.

— Tes compagnons de la Mouvance, eux, ne s'en fichent pas ! C'est même leur unique sujet de discussion depuis hier.

— Ah bon ?

— Je t'assure. Les plus anciens trouvent injuste que tu sois promu avant eux.

— C'est une décision de la Mouvance. Je n'y suis pour rien, moi.

— Il doit y avoir une explication.

— *Abou* Merouane m'a dit que c'est parce que j'ai rempli les cinq conditions.

— Lesquelles ?

— L'observance des principes religieux, la fidélité à la Mouvance, le..., la.... Je ne me souviens plus des trois autres.

— Et tu l'as cru ?

— Pourquoi ne le croirais-je pas ?

— Ce ne sont que des bobards, les cinq conditions.

— Qu'est-ce que tu en sais ?

— Beaucoup. Un peu trop, même. N'oublie pas que j'étais membre de la *secte* pendant des années et à un Cercle bien avancé, qui plus est.

— Je n'ai pas oublié.

— Alors, écoute-moi ! La seule et unique explication de ta promotion ultrarapide au sein de la *secte* est la grande marge bénéficiaire que tu lui as rapportée ; le reste n'est qu'une mystification, un écran de fumée. Une source fiable m'a appris hier qu'en une année, tu lui as fait gagner bien plus que ce que lui rapportent leurs autres commerces du souk en deux ans !

— Tant mieux pour elle.

— Et tant pis pour les autres, n'est-ce pas ?

— Qui ça, les autres ?

— Ceux qui sont là bien avant toi, les pauvres victimes du népotisme que... »

Un client se présenta au commerce d'Omar, un grand escogriffe à l'allure dégingandée, le visage entièrement mangé par une toison chenue. Il pencha la tête vers Omar et lui chuchota à l'oreille :

« Aurais-tu quelque puissant aphrodisiaque, mon *frère en Allah* ? J'ai, depuis quelques semaines, des troubles d'… »

Il n'acheva pas sa phrase. Omar ouvrit un tiroir et en retira un flacon contenant un liquide jaune.

« C'est le viagra islamique !, lui dit-il. Un mélange bien dosé d'urine de chamelle d'Arabie, miel de thym, gingembre, cardamome et curcuma. Tu en prends deux bonnes cuillerées le soir avant d'aller au lit. Un quart d'heure après, tu seras à même de décapsuler quinze vierges de suite, les doigts dans le nez !

— *Soubhan Allah* !, fit le grand escogriffe, le visage barré d'un sourire idiot, le regard émerveillé. *Soubhan Allah* ! Tu l'as déjà essayé, mon frère ?

— Je n'y ai pas droit.

— Pourquoi ?

— Ça pourrait être un acte lourd de conséquences pour moi.

— Comment ça, *mon frère* ?

— Je ne suis pas marié.

— Pardon ! Pardon ! »

Le grand escogriffe paya sans négocier. Omar revint vers son voisin :

« C'est à ton tour de m'écouter, Dehmane.

— Je suis tout ouïe.

— Mets-toi bien dans la tête que je ne suis pas venu à Salé pour intégrer la Mouvance, mais pour y chercher un travail qui me permettrait de vivre décemment. Si, par la suite, j'ai rejoint ses rangs, c'était uniquement par gratitude envers *Abou* Merouane, qui m'a tendu la main à une période très difficile de ma vie.

— Dans ce cas, dit Dehmane après un silence, je te conseille de te tirer de ce guêpier, pendant qu'il est encore temps.

— Qu'est-ce que je risque en y restant ?

— D'être endoctriné à fond, puis embarqué dans la grande aventure obscurantiste. C'est ce funeste destin que les apparatchiks de la Mouvance réservent aux jeunes que la misère et l'inculture amènent dans leurs filets, tandis qu'ils prennent un soin particulier à placer leurs rejetons dans les meilleures écoles du pays, quand ce n'est pas à l'étranger. Tu sais où ce filou de *cheikh* Yak, le soi-disant guide spirituel de la Mouvance, a placé sa fille unique ? »

Omar fit non de la tête.

« À la mission française ! Au lycée Descartes, plus exactement. Il la prépare à faire carrière dans les hautes sphères de la politique, pendant qu'il prépare les enfants des pauvres au *djihad**. »

33

L'intégration au Cercle des fidèles était traditionnellement suivie d'une courte rencontre avec *cheikh* Yak, le guide spirituel de la Mouvance, une façon d'entériner la promotion. C'était *Abou* Merouane, intime du guide, qui assurait à chaque fois les présentations.

La rencontre fut programmée un mardi après-midi, après la troisième prière du jour. Omar portait une djellaba immaculée, un turban islamique et des babouches jaunes achetées pour la circonstance. Une espèce de chambellan, en tunique à manches et saroual bouffant, les introduisit, *Abou* Merouane et lui, à la résidence du guide spirituel. « Suivez-moi, *mes frères en Allah* ! », leur dit-il avec une politesse obséquieuse.

Il les conduisit dans un salon cossu, meublé avec faste : tapis turcs, matelas enveloppés dans des housses brodées, coussins en velours, tables en bois de thuya, meubles d'angles, guéridons sur roulettes, services à thé en argent, brûleurs d'encens, luminaires en cuivre... *Cheikh* Yak était là, au fond du salon, assis en fakir sur une peau de mouton, entouré d'une vingtaine de courtisans.

C'était un vieil homme, petit et chétif, la septantaine rhumatisante, le chef coiffé d'une calotte ajourée, le visage anguleux, orné d'un collier de barbe gris, les yeux bridés, le teint cadavérique. Hormis le regard, qu'il avait acéré et vif, tout le reste témoignait de la dernière décrépitude.

L'homme s'exprimait dans un arabe châtié, ponctué de silences méditatifs, plus ou moins longs. Il avait la voix fluette, à peine perceptible. Assis en demi-cercle autour de lui, ses courtisans buvaient ses paroles avec une béate stupidité.

Le salon sentait un mélange harmonieux de musc, bois de santal, vertu et sainteté. Pour les nombreux *pèlerins*, qui venaient chaque jour des quatre coins du pays, parfois aussi de l'étranger, pour voir le guide, le lieu était considéré comme l'antichambre du paradis. En franchir le seuil équivalait à se réserver une bonne place là-haut, auprès de l'ultime messager de Dieu et de ses fidèles compagnons.

Profitant d'une pause, *Abou* Merouane s'approcha de *cheikh* Yak et lui chuchota quelque chose dans l'oreille. Le vieil homme acquiesça d'un léger hochement de tête. *Abou* Merouane fit signe à Omar d'avancer. Omar s'exécuta. Arrivé près du saint homme, il se cassa en deux, déposa deux baisers successifs sur sa calotte, un troisième sur son épaule. *Cheikh* Yak lui caressa la tête de la main. « *Marhaban bika fi daïrate al-aoufiyae !* », lui dit-il d'une voix faible, à peine perceptible, bienvenue au Cercle des fidèles. Ce fut l'instant crucial dans la vie d'Omar : il vit, ou crut voir, une onde radieuse jaillir du regard du guide spirituel et lui cerner la tête, telle une auréole ; une énergie lumineuse le submergea de la tête aux pieds. L'instant suivant, il se sentit complètement transfiguré, métamorphosé en quelqu'un d'autre.

Le lendemain, Omar décrivit l'extraordinaire scène à *Abou* Merouane.

« C'est la preuve incontestable, lui dit-il, que tu as été touché par la grâce de notre guide.

— Louange à Allah, le Tout-Puissant !, murmura Omar, les paumes tournées vers le ciel, l'air plein de recueillement.

— Dorénavant, ta place au paradis est réservée.

— Louange à Allah, le Tout-Puissant !, murmura de nouveau Omar, ému jusqu'aux larmes.

— Pour la mériter, ajouta *Abou* Merouane, tu dois cependant accomplir comme il se doit ta mission en ce bas monde.

— Laquelle, *sidi* ?

— Propager autour de toi l'islam authentique, qui est le nôtre ; tâche impossible à accomplir sans déclarer la guerre à l'islam officiel.

— Le problème, seigneur…, releva Omar, incertain et perplexe. Le problème, c'est que je ne suis pas en mesure d'accomplir une telle tâche.

— Pourquoi ?

— Je n'en ai ni le savoir ni les moyens.

— Le savoir, tu es en train de l'acquérir tous les jours ici, parmi nous ; les moyens, c'est l'affaire de la Mouvance ; elle te les fournira le moment venu. Ceci dit, pour mener à bien ta mission, tu disposes désormais d'un atout plus puissant et plus efficace que tous les moyens du monde.

— Lequel, *sidi* ?

— La bénédiction de *cheikh* Yak, notre guide spirituel. Avec elle seule, tu peux soulever des montagnes. Tu peux même décrocher la lune… »

34

Cela faisait quatre années qu'Omar n'était pas retourné chez lui. Le mal du pays le rongeait, devenait de plus en plus lancinant, de plus en plus insoutenable. Il s'ennuyait des siens, bien sûr, mais aussi des gens du village, des paysages, des nourritures, des odeurs, des couleurs, des bruits… Au moindre souvenir de Tizi Ounddame, il sombrait dans une profonde mélancolie, se renfermait pendant de longues minutes dans un silence morne et déprimé.

Et comme pour ne rien arranger, la couverture réseau au village laissait beaucoup à désirer, faute d'antennes-relais à proximité. La plus proche se situait sur le versant gauche d'Ighzer, à presque deux lieues de Tizi Ounddame. Elle avait une capacité maximale de quarante communications ; au-delà, elle était saturée, les appels ne passaient plus. Pour avoir une communication correcte, les villageois devaient monter, leur téléphone mobile au poing, jusqu'au sommet du mont Ndern, baptisé *La cabine* – seul endroit où il y avait, par on ne sait quel mystère technologique, une couverture réseau correcte et constante.

Les jours de fête, Omar parvenait, après maintes tentatives, à avoir les siens à l'autre bout du fil : son père, ses deux sœurs et sa belle-mère. Mais la nostalgie du pays n'en devenait que plus aiguë, plus cruelle, évoluant parfois vers quelque chose de vraiment grave : une espèce d'aversion envers la vie, un dégoût existentiel.

Un soir, n'en pouvant plus, il demanda à *Abou* Merouane de le libérer quelques semaines ou, du moins, quelques jours.

« Te libérer ?, répliqua celui-ci sur un ton rendu soudain brusque par la surprise. Je n'aime pas ce verbe, Omar. Je n'aime pas non plus les mots qui en dérivent. Formule autrement ta demande !

— Je voudrais quelques jours de congé, *sidi*.

— Pourquoi faire ?

— Les miens me manquent, *sidi*. Cela fait quatre années que je ne les ai pas vus. »

Abou Merouane se tut, un doigt sur la tempe, pensif.

« Tu iras voir les tiens quand Allah voudra », répondit-il enfin.

Un mois plus tard, et comme Allah ne le voulait pas encore, Omar réitéra sa demande. *Abou* Merouane lui redonna la même réponse, évasive et sibylline :

« Tu iras voir les tiens quand Allah voudra. »

Omar revint à la charge quelques jours après.

« Ne sois pas si impatient, Omar !, lui dit *Abou* Merouane sur un ton de reproche. *L'impatience est de Satan ; la patience, de Dieu.* Le musulman véritable est quelqu'un qui sait attendre, car tout vient à point à qui sait attendre… »

Omar patienta encore des semaines, puis des mois. En vain. Un jour, alors qu'il commençait à désespérer vraiment, *Abou* Merouane lui annonça à brûle-pourpoint :

« Allah a exaucé ton vœu.

— Allah a exaucé mon vœu ?, répéta Omar, n'en croyant pas ses oreilles. Est-ce vrai, *sidi* ?

— Aussi vrai que la Kaaba est au centre de la Terre.

— Je peux donc rendre visite aux miens, *sidi* ?, demanda Omar, le cœur inondé d'une joie intenable.

— Oui.

— Voilà une heureuse nouvelle ! Merci, *sidi*. Merci infiniment.

— C'est Allah qu'il faut remercier, Omar ! C'est toujours Allah qu'il faut remercier.

— Pardon, *sidi*. J'ai oublié... Quand est-ce que je peux faire le voyage ?

— Bientôt.

— Combien de temps puis-je rester là-bas ?

— Celui qu'il faudra pour *remplir ta mission*.

— *Remplir ma mission* ?, hoqueta Omar, surpris.

— Comment ? Tu as déjà oublié ?

— Non, *sidi*, répondit Omar, dubitatif, je n'ai pas oublié. Je... Je m'inquiète un peu, voilà tout. Je m'inquiète même beaucoup, pour ne rien vous cacher.

— Pourquoi ?

— Parce que je ne sais ni où ni comment m'y prendre.

— Écoute, Omar ! Le lieu de toutes les révolutions en terre d'islam est la mosquée. C'est de là que partent les idées, les grandes et les petites, les meilleures et les pires. C'est de là que tu dois partir aussi pour remplir ta mission. Comment ? En prenant la parole devant les pratiquants. Le prêche du vendredi est l'occasion propice pour une telle entreprise, vu la présence massive des pratiquants à la mosquée. Tu interviens énergiquement dès que tu entends une bêtise. Dieu sait qu'on en entend, des bêtises, dans les mosquées de ce malheureux pays ! Tu saisis l'occasion pour interrompre l'imam et le rappeler à l'ordre, versets et hadiths à l'appui. Juste après, tu lui tournes le dos, geste important, très important, et tu t'adresses aux pratiquants. Tu leur expliques que l'islam officiel qu'ils suivent n'est pas le bon, qu'ils font fausse route, qu'Allah ne leur pardonnera pas d'avoir dévié du droit chemin... »

Omar écoutait, l'air préoccupé.

« Qu'as-tu, Omar ?, lui demanda *Abou* Merouane.

— La vérité, *sidi*, est que… Comment dirais-je ? La vérité, *sidi*, est que je ne me vois pas à même d'accomplir une telle mission.

— Pourquoi ?

— Je n'en ai pas l'instruction requise.

— Écoute, Omar ! Pour remplir une telle mission, tu auras plus besoin de détermination que d'instruction.

— Je n'ai pas non plus le savoir religieux qu'il faut.

— Celui que tu as acquis parmi nous durant ces quatre années suffira largement, d'autant plus que, là-bas, dans ton *douar* berbère, tu n'auras pas affaire à des abîmes de science, mais à des paysans incultes, voire analphabètes.

— Et si les gens me posaient des questions auxquelles je ne saurais répondre ?

— Tu y répondras quand même.

— Comment, *sidi* ?

— En citant un verset ou un hadith les menaçant d'Enfer. Tu dois en connaître au moins une vingtaine. »

Omar écarquilla les yeux, pantois.

« Écoute, reprit *Abou* Merouane, rassurant. Pour être prêcheur, il suffit de mémoriser une centaine de versets et autant de hadiths. L'enseignement de la religion est avant tout une affaire de mémoire ; l'instruction et l'intelligence n'y servent pas à grand-chose. La plupart des grands prêcheurs ont peu d'instruction ; certains n'en ont pas du tout. Le grand messager lui-même, prière et salut sur lui, ne savait ni lire ni écrire. Par ailleurs, mon téléphone portable sera ouvert sept jours sur sept, vingt-quatre heures sur vingt-quatre ; il te suffira de me biper et je te rappellerai dès que possible. Je suivrai l'accomplissement de ta mission, pas à pas, répondrai à tes questions, satisferai à tes demandes autant que faire se peut. Il est même possible que je te rende visite un jour dans ton village… »

Une récitation mélodieuse du coran se déclencha, celle du grand lecteur égyptien Abdelbast Abdessamad, surnommé « la gorge d'or » ; à moins que ce ne soit celle d'un imitateur. *Abou* Merouane retira un Smartphone dernier cri de la poche de son saroual, *un iPhone 6 plus*. Il valida l'appel.

« *Salamou aléïkoum, frère Abou* Outhmane !, répondit-il. Comment vas-tu… ? *Hamdou lillah** ! *Hamdou lillah*… ! La semaine prochaine, ce ne sera pas possible, malheureusement… Non, ce ne sera pas possible… La semaine prochaine, je serai à l'étranger… Non, à Doha… Lui aussi sera du voyage, ainsi que quatre ou cinq autres *frères*… La semaine d'après, je serai des vôtres, sans faute. Enfin, si Allah le veut… Mardi ou mercredi, après la prière de *dohr**, comme de coutume… Oui, avec le soutien d'Allah et de Son messager, prière et salut sur lui… ! *Salamou aléïkoum, frère Abou* Outhmane. Qu'Allah veille sur toi ! »

Abou Merouane remit l'appareil dans la poche de son saroual.

« Où en étions-nous, Omar ?

— À ma mission, *sidi*.

— Voici deux conseils à suivre si tu veux mener à bien ta mission : le premier est d'avoir pleinement confiance en toi. Comment ?, me dirais-tu. En te mettant bien dans la tête que tu jouis d'un atout qui te rend largement supérieur aux autres : la bénédiction de *cheikh* Yak, notre guide spirituel, qu'Allah l'assiste et le protège ! Celui qui a cet atout-là est imbattable, quelles que soient la force et la détermination de ses rivaux. Le deuxième conseil est de former autour de toi une équipe de travail, qui puisse t'épauler dans ta tâche. Par équipe, j'entends trois ou quatre hommes que tu choisiras parmi les nantis du village, les pauvres n'ayant jamais ni crédit ni autorité dans la société. Promets-leur la bénédiction de *cheikh* Yak et ils viendront te laper dans la main. Ils te seront fidèles, te suivront comme ton ombre… »

Omar se laissait peu à peu convaincre qu'il pouvait désormais s'improviser prêcheur dans son village et y accomplir ainsi *sa mission*, le soutien d'*Abou* Merouane et la bénédiction de *cheikh* Yak aidant.

35

« Omar Boutillas est de retour ! », lança Habiba Ahram à quatre ou cinq autres femmes qui s'activaient au lavoir du village en papotant. La nouvelle fit le tour de Tizi Ounddame comme une traînée de poudre. Anflous, le chef du village, proposa le soir même à l'assemblée de fêter l'événement.

« Le retour au pays d'un des nôtres après un si long exil, argua-t-il, est un événement qui mérite d'être fêté, n'est-ce pas, les amis ? »

L'approbation fut générale, les villageois étant naturellement portés sur la fête. Personne ne savait encore que le retour de ce jeune homme, après quatre années d'exil volontaire à Salé, allait semer le chaos dans ce coin de paradis qu'était Tizi Ounddame.

Les préparatifs de la fête commencèrent le lendemain matin dans la joie et la bonne humeur. Les tâches étaient connues d'avance. Chacun s'acquittait de celle qui lui incombait d'habitude : quatre ou cinq hommes dressaient la *tente caïdale* sur la place du village ; Allal Imghri, l'unique boucher de Tizi Ounddame, dépiautait deux boucs bien en chair sous les bras d'un noyer, tout en racontant des plaisanteries obscènes à des adolescents du village accroupis en cercle autour de lui. Un peu plus loin, à l'ombre d'un appentis, six femmes s'activaient sous la houlette de Latifa Tiloudite, la cheffe cuisinière du jour, une très jolie brune que dame Nature, dans un élan de générosité, avait gratifiée de la poitrine la plus désirable du village, peut-être même de toute la région : lourde, haute, opulente et ferme ; un régal, pour tout dire.

Chacune des six femmes accomplissait une tâche bien précise : rouler la semoule de couscous, pétrir le pain, apprêter les tagines, éplucher les légumes… Latifa Tiloudite, elle, faisait son travail de cheffe cuisinière : elle s'assurait de la qualité des produits, dosait les ingrédients, contrôlait le travail de son équipe, donnait une consigne par-ci, un coup de main par-là... Elle travaillait d'arrache-pied depuis le matin, mobilisait tout son savoir-faire en la matière, avec l'espoir que le résultat surpasserait en qualité ceux des fêtes précédentes.

Au début de l'après-midi, les villageois arrivèrent en tenue des grandes occasions : djellaba brodée à la main et babouches en cuir jaunes pour les hommes ; pour les femmes, caftan fleuri de rouge, noir, jaune et vert, foulard amazigh en coton, constellé de paillettes dorées, bijoux en argent massif serties de pierres précieuses et sandales artisanales au tannage végétal.

Les hommes s'installèrent d'un côté de la tente ; les femmes, de l'autre. Omar arriva en compagnie de son père, accueilli par une cascade de youyous. Il salua l'assistance : une accolade pour les hommes ; un furtif signe de la main, accompagné d'un hochement de tête, non moins furtif, pour les femmes.

« Pourquoi n'est-il pas venu nous saluer comme il est de coutume au pays ?, demanda une femme, étonnée.

— Il nous a fait un évasif signe de la main, ajouta une autre, comme on ferait à un étranger croisé sur le chemin.

— Vous n'avez pas remarqué, renchérit une troisième, que même l'accolade donnée aux hommes avait une curieuse allure ?

— On dirait que la ville lui a fait oublier les bonnes manières.

— Le poète a dit vrai : “On ne revient pas indemne de la ville.”

— … »

Omar s'installa à la place d'honneur, au beau milieu de la *tente caïdale*. On servit le thé à la feuille de sauge ; il était corsé, mousseux et parfumé, les trois critères d'un thé réussi.

Chaque catégorie d'âge avait sa propre occupation : les aînés se contentaient de regarder sans rien dire, ou presque ; les adultes conversaient familièrement en petits groupes ; les jeunes et les adolescents tripotaient leurs téléphones portables, pestant toutes les deux minutes contre la mauvaise qualité du réseau au village ; les enfants gambadaient en grappes joyeuses autour de la tente.

Le couscous tant attendu fut enfin servi par Latifa Tiloudite, la cheffe cuisinière du jour. La jolie femme tenait à s'acquitter elle-même de cette tâche. Le couscous était bien garni de légumes : courgettes, carottes, raiforts, fèves, potirons et jeunes pousses de navets. Une odeur exquise s'épandit dans l'air.

Assiette bien stable et manches retroussées, les convives prirent d'assaut les plats après le *bismillah* de rigueur.

Le couscous était l'un des meilleurs jamais servis sous la *tente caïdale* du village ; la preuve : plus une graine ne traînait dans les plats. On complimenta longuement la cheffe cuisinière pour son savoir-faire, loua à l'envi son talent… Anflous, le chef du village, déclara que le couscous de ce jour-là était inégalable, et que, de ce fait, Latifa Tiloudite méritait amplement le titre de *cordon-bleu* de Tizi Ounddame.

Cette déclaration si élogieuse d'Anflous déclencha un tollé parmi les femmes du village :

« *Cordon-bleu* ! En voilà un qui ne craint pas l'exagération !

— *Cordon-bleu*, cette nullarde ?

— On aura tout entendu dans ce foutu *douar* !

— Et nous alors, on est quoi ?

— Des nullités.

— Des bonnes à rien.

— Pour moi, le couscous d'aujourd'hui ne mérite pas tant d'éloges.

— C'est un plat passable, ni plus ni moins.

— Je partage tout à fait ton avis.

— Moi aussi.

— Pour moi, il n'y a pas assez de bouillon.

— Vous n'avez rien compris, les filles.

— Ah bon ?

— Explique-nous !

— Éclaire notre lanterne, que le Ciel éclaire ton chemin !

— Ce n'est pas le couscous de Latifa qui plaît autant à Anflous.

— Quoi, alors ?

— Sa paire de nichons.

— Ah !

— Je sais que ce voyou d'Anflous en pince grave pour Latifa Tiloudite.

— Ah bon !

— Et depuis un certain temps déjà.

— Ben dis donc !

— Et pour ne rien vous cacher, c'est elle-même qui me l'a confié un jour.

— Voilà donc le mot de l'énigme.

— Du couscous et des nichons !

— Ceci explique cela.

— *Cordon-bleu*, mon œil !

— … »

Latifa servit ensuite les tajines à la viande de bouc, oignons et prunes sèches, assaisonnés d'un mélange harmonieux d'épices, un pur délice. Le repas se termina, comme il avait commencé, par du thé à la feuille de sauge, encore plus corsé que le premier pour aider à la digestion.

36

Après le thé, les musiciens-chanteurs se mirent à chauffer leurs tambourins sur les braises restées dans les âtres. Ils les tournaient continuellement entre les mains, les frappaient de deux doigts toutes les cinq secondes afin d'en tester la résonance. Pour un meilleur retour, les tambourins ne doivent être ni peu, ni trop chauffés.

La troupe d'*ahouach* vint enfin s'aligner devant la tente, face au public. Des youyous stridents retentirent dans le ciel, suivis de longues ovations.

À ce moment précis, Omar se redressa et avança vers la troupe, le regard droit devant lui, le pas sûr, l'air d'un homme qui sait ce qu'il veut et comment l'obtenir.

« Je vous prie de me faire grâce de la musique », leur dit-il d'une voix basse, mais ferme.

Les musiciens-chanteurs se regardèrent, stupéfaits.

« C'est bien toi, Omar, qu'on fête aujourd'hui, objecta Anazour, le chef de la troupe.

— Je le sais, et vous en remercie beaucoup. Mais vous feriez mieux de m'épargner la musique.

— Voudrais-tu nous expliquer pourquoi, Omar ?

— Parce que la musique est frappée d'interdit par notre religion.

— Pourquoi donc nos parents et grands-parents en jouaient-ils, alors ?

— Ils ne savaient pas, répondit Omar avec un petit air condescendant. Qu'Allah, Clément et Miséricordieux, leur pardonne ! Moi non plus, je ne savais pas. Je n'ai su que le jour où mon chemin a croisé celui de *cheikhs* versés dans la science de la religion, de fins connaisseurs du Livre sacré et du hadith. Ce sont eux qui m'ont initié à l'islam authentique, m'ont appris à distinguer *le halal** du *haram**, le licite de l'illicite, le bon grain de l'ivraie.

— Que t'ont-ils appris sur la musique, ces vénérables *cheikhs* ?

— Que c'est une invention de Satan le maudit, à la base. Elle visait à distraire les pratiquants et à les détourner de la prière. Allah, Tout-Puissant, promet un châtiment avilissant aussi bien aux musiciens qu'à ceux qui les écoutent.

— Une invention de Satan, la musique ?, releva Anazour, goguenard.

— Tout à fait.

— Satan serait donc l'inventeur de l'art qui parle le plus aux humains ?

— Exactement.

— En es-tu sûr, Omar ?

— Aussi sûr que la Kaaba est le centre de la Terre.

— Dans ce cas, Satan mériterait bien qu'on lui érige des statues aux quatre coins de la planète ! »

Des rires éclatèrent tout autour. Un flot rose envahit le visage d'Omar, s'étendit jusqu'aux lobes de ses oreilles, ses sourcils froncèrent, son regard durcit.

« Anazour !, rugit-il.

— Oui, Omar.

— Sais-tu qu'Allah, le Maître de l'univers, a promis le feu de la géhenne à tous ceux qui font l'apologie de Satan ou de ses actes ? "*Leur refuge sera le feu*, ajouta-t-il, citant le coran. *Toutes les fois qu'ils voudront en sortir, ils y seront ramenés et on leur dira : goûtez au châtiment du feu !*", Sourate *Assajda*.

— Écoute, Omar !, répondit Anazour, soudain lassé, peut-être aussi un peu effrayé. Nous avons déballé nos instruments pour fêter ton retour au village après des années d'exil. Tu ne veux pas, eh bien tant pis ! »

Ces mots dits, Anazour remballa son tambourin et se retira, dépité et amer. Trois musiciens-chanteurs de sa troupe lui emboîtèrent aussitôt le pas ; les cinq autres regagnèrent leurs places sous la *tente caïdale*, saisis d'une peur paralysante.

Omar se tint face à l'assistance, droit dans ses sandales bédouines.

« Ce n'est plus le gamin qu'on connaissait, dit un villageois, l'air subjugué.

— On dirait un étranger, renchérit un autre, stupéfait.

— La ville, ajouta un troisième, ça te transforme un homme.

— En mal, surtout, précisa un quatrième dans un soupir.

— ... »

Les paumes sur les oreilles, Omar entama la récitation de la sourate *An-nour*, la lumière, d'une voix de stentor, puissante et grave. Tout le monde écoutait religieusement : les hommes, les femmes, les enfants. La récitation terminée, Omar leva ses paumes au ciel dans une attitude de profond recueillement. Les villageois l'imitèrent.

« Allah, Clément et Miséricordieux, pria-t-il, pardonne aux nôtres leur fourvoiement ! Ils ne savaient pas.

— Amen !, répondirent les villageois d'une seule voix.

— Allah, Clément et Miséricordieux, mets-les sur le droit chemin, celui qui mène à la purification et au salut !

— Amen !

— Allah, Tout-Puissant, prête main-forte à nos frères moudjahidines qui défendent avec bravoure notre sainte religion aux quatre coins de la planète.

— Amen !

— Allah, Tout-Puissant, réserve une bonne place dans Ton paradis à ceux parmi eux morts en martyrs sur les champs de bataille !

— Amen !

— … »

Le soir tomba, amenant avec lui un petit vent froid. Omar termina sa prière-fleuve par la récitation d'*An-nabae*, la nouvelle, sourate mecquoise habituellement récitée pour conclure une transaction, une convention ou un contrat.

« *Mes frères en Allah*, ajouta-t-il après avoir jeté un coup d'œil sur l'écran de son téléphone portable, une vingtaine de minutes seulement nous séparent de la prière de *l'mgherb**, à peine le temps, pour les fidèles d'Allah parmi vous, de faire leurs ablutions. »

Sur ce, Omar prit le chemin de la mosquée, marchant seul, le pas sûr, le port de tête altier, l'air animé d'une tranquille résolution. Les hommes lui emboîtèrent le pas ; les femmes et les enfants regagnèrent leurs demeures en silence. Une nuit épaisse, sans lune ni étoile, tomba sur Tizi Ounddame.

Elle sera longue, très longue, interminable.

37

Pas un jour ne passait à Tizi Ounddame sans qu'Omar ne relevât au moins une flagrante violation des préceptes de la *charia**, tels qu'ils lui avaient été enseignés à Salé par les *cheikhs* de la Mouvance.

Les villageois étaient tous croyants, certes, un tantinet pratiquants aussi ; mais, aux yeux d'Omar, leur islam manquait de rigueur et de fermeté. Il le trouvait trop compréhensif à l'égard des pécheurs, trop indulgent face aux écarts de conduite, un islam vidé de sa substantifique moelle, en somme. *Il est temps pour moi d'agir,* se dit-il intérieurement. *Il est temps d'arrêter cette dérive et de rappeler le cheptel à l'ordre... La tâche s'annonce ardue, mais je la mènerai à bien, avec le soutien d'Allah et d'*Abou *Merouane...*

Étendu sur l'herbe, dans un endroit bien ombragé de la berge, les jambes écartées autant que le lui permettait sa *gandoura*, les doigts croisés sous la nuque, Omar cogitait ainsi depuis quelques minutes.

Alors qu'une légère somnolence le gagnait, un bruit suspect lui parvint de l'autre côté de la haie d'épines marquant la limite avec la parcelle voisine. Il tendit l'oreille. Le bruit s'arrêta, reprit quelques instants plus tard. C'étaient des frottements réguliers, accompagnés de halètements et de gémissements étouffés. Intrigué, Omar se redressa, enjamba discrètement la haie d'épines et pénétra, à pas de loup, dans le verger voisin, décidé à élucider le mystère. Sous le feuillage opaque d'un laurier-cerise, il découvrit une scène hallucinante : deux garçons en pleine copulation.

« Remets-y ta vaseline du pauvre !, murmura le passif. Ça redevient dur.

— Ta gueule !, répliqua l'actif, ahanant et soufflant comme un buffle au bout d'une course éperdue. Je n'en ai plus pour longtemps. »

Accroupi derrière le tronc d'un figuier, à quelques pas seulement des deux jeunes sodomites, Omar suivait la scène, bouche bée et souffle coupé. Ce faisant, il sentit quelque chose remuer sous lui, puis se redresser, raide comme un gourdin. Une petite tente se dressa bientôt sous sa *gandoura*. « Qu'Allah, Tout-Puissant, anéantisse en moi l'emprise de Satan l'abominé !, susurrait-il en boucle pour résister à la tentation. Qu'Allah, Tout-Puissant, anéantisse en moi l'emprise de Satan l'abominé… ! » À la septième invocation, le membre d'Omar ne déraidit pas d'un iota.

Le sodomite actif se releva à moitié, le torse arc-bouté sur les bras, la gorge renversée, la tête en arrière, les yeux révulsés. Un instant, il poussa un râle de moribond, puis s'affaissa de tout son poids sur son partenaire. « Dégage ! » grommela celui-ci, l'écartant violemment d'un coup de reins. L'actif retomba sur le dos, inerte. Le passif se releva, maugréant, remonta son pantalon… Omar reconnut Hamid, le fils cadet de M'barek Akhatar, un rouquin au visage criblé de taches de son, les fesses rebondies. L'autre sodomite se redressa à son tour, épuisé et en nage. Il récura son dard encore bavant contre le tronc d'un pommier, urina copieusement dans l'herbe… Au moment où il se retourna, Omar le reconnut aussi : c'était le fils de Brahim Oumizane, le tailleur de pierre au visage rigoleur. Quiconque connaissait le père reconnaîtrait le fils, tellement ils se ressemblaient. Omar n'arriva pas à se rappeler le prénom du garçon. Il faut dire que cela faisait quatre ans qu'il avait quitté le village. Les bambins d'alors étaient devenus des adolescents ; les adolescents, des jeunes ; certains parmi eux avaient pris femme et fait des enfants. On se marie tôt au pays, le plus tôt possible pour, dit-on, éviter les dérives du célibat et les problèmes, parfois graves, qui en découlent.

Hamid, le sodomite passif, vint se planter devant son partenaire, droit comme un I.

« Accouche ! », lui intima-t-il, la main droite tendue.

L'actif fouilla un moment dans la poche avant de son jean usé, finit par en tirer une pièce de cinq dirhams.

« C'est quoi, ça ?, grogna le passif, un sourcil haut, l'autre à ras la paupière, pas du tout content. Je ne t'ai pas demandé l'aumône, moi !

— C'est tout ce que j'ai.

— On avait dit dix balles.

— Je te donnerai le reste.

— Quand ?

— La semaine prochaine.

— La semaine prochaine ou celle des quatre jeudis ?

— La semaine prochaine.

— Jure-le !

— Je le jure.

— Sur quoi ?

— Je n'ai pas compris.

— Tu n'as pas compris ou tu fais semblant ?

— Je n'ai pas compris.

— Quand on jure, c'est toujours sur quelque chose, voyons ! On ne jure pas sur le vide.

— On jure sur quoi, alors ?

— Sur quelque chose.

— Quoi ?

— Quelque chose de sacré.

— Par exemple ?

— Le prophète de l'islam, le coran, La Mecque, la Kaaba, la tête de ta mère, la tombe de ton grand-père, le mausolée de *sidi* Chamharouch, celui de la sainte Setti Fadma, des trucs comme ça, quoi !

— Je le jure sur la tête de mon père.

— La tête de ton père ? Ha ! ha ! Autant le jurer sur celle de Satan !

— Pourquoi ?

— Parce que je connais ton père.

— Qu'est-ce que tu veux dire ?

— C'est un filou, ton père. Un filou hors pair, une fripouille grand format. Face à lui, Satan aurait l'air d'un minable apprenti.

— Je le jure sur la tête de ma mère. Ça te va ?

— Non plus.

— Pourquoi donc ?

— C'est une filoute, ta mère. Ta grand-mère aussi, d'ailleurs. Et maintenant que j'y pense, tous les Akhatar sont des filous, les hommes et les femmes, les jeunes et les vieux, les morts et les vivants. Il n'y en a pas un pour racheter l'autre !

— Sur quoi veux-tu que je le jure, alors ?

— Sur le coran, ou sur...

— Je le jure sur le coran.

— Deux fois de suite !

— Je le jure sur le coran, je le…

— Vilaines créatures !, tonna Omar en surgissant de sa cachette d'un bond de félin. Qu'Allah vous maudisse dans ce monde et dans l'autre, graines du diable ! En plus, vous avez l'indécence de mêler le saint Livre à vos cochonneries ! »

Il asséna à chacun des deux garçons une paire de gifles à étourdir un taureau.

« Je te demande pardon, *sidi* Omar !, implora l'actif.

— Il n'y a point de pardon pour les pervers sexuels ! », décréta Omar, implacable.

D'un geste brusque, il empoigna les deux garçons par le col et les traîna sans ménagement, comme on traînerait des filets à foin.

« Que vas-tu faire de nous, *sidi* Omar ?, demanda le passif, au bord des larmes.

— La risée du village !

— Comment ça, *sidi* Omar ?

— Je vais vous traîner à travers les ruelles de Tizi Ounddame en criant aux quatre points cardinaux l'ignoble acte que vous venez de commettre dans les champs.

— Tu ne vas quand même pas nous faire ça, *sidi* Omar ?

— Si ça ne tenait qu'à moi, je vous ferais subir pire que ça !

— Y a-t-il pire que ça, *sidi* Omar ?

— Si ça ne tenait qu'à moi, je vous jugerais sur la place du village, en présence de tous les habitants, hommes, femmes et enfants, puis vous lapiderais jusqu'à ce que mort s'ensuive.

— Nous ne sommes pas des criminels, *sidi* Omar.

— Si ça ne tenait qu'à moi, suppôts de Satan, je vous précipiterais du haut du minaret, pieds et mains liés, la tête la première. » Les deux garçons se regardèrent, sidérés.

« Mais tu es fou, *sidi* Omar ?, lui dit l'actif.

— Oui, je suis fou ! Je suis fou d'Allah, le Maître de l'univers, et de Son ultime messager, prière et salut sur lui ! Je suis fou de justice, de *charia*, d'équité, fou de…

— Écoute, *sidi* Omar !, l'interrompit le passif. Je propose qu'on règle cette malheureuse affaire à l'amiable.

— Comment ça, à l'amiable ?

— On fait un pacte.

— Un pacte ?

— Oui.

— C'est-à-dire ?

— Je t'offre gracieusement une passe et tu nous fiches la paix en retour.

— Moi, je ferai le guet volontiers », ajouta l'actif.

Omar eut un moment de courte perplexité, durant laquelle sa libido fut à un cheveu de l'emporter sur son surmoi. Mais il se ressaisit et son visage retrouva rapidement cette expression butée, intransigeante, hostile à toute concession, qui caractérise les fanatiques.

« Vous cherchez à me débaucher, vilains sodomites !, fulmina-t-il, assénant de nouveau une paire de gifles retentissantes à chacun des deux garçons.

— Tape autant que tu veux, *sidi* Omar !, lui dit l'un des deux garçons, résigné et impuissant. Mais ne fais pas de nous la risée du village, s'il te plaît !

— Je te jure, *sidi* Omar, ajouta l'autre garçon, des larmes dans la voix, que si mon père apprenait la chose, il me chasserait *illico presto* de la maison, avec des coups de pied au cul ! »

Omar, intraitable, continua de traîner les deux malheureux garçons en direction du village tout en les accablant d'imprécations et de souhaits de malheur.

Arrivés sur le chemin bordé de murets qui mène au village, une petite voix de muezzin retentit : « *Allahou akbar* ! *Allahou akbar*... ! » C'était la sonnerie personnalisée d'un téléphone portable. Omar lâcha les deux garçons.

« On ne bouge pas !, leur ordonna-t-il, menaçant. Je vous jure sur la tête de ma défunte mère qu'à la moindre tentative de fuite, je vous rattrape et vous saigne comme des moutons de *l'aïd el-kebir** ! »

De la poche avant de sa *gandoura*, Omar retira son téléphone portable. « *Salamou âléïkoum, Abou* Merouane ! Comment vous portez-vous ? ... Bien, *hamdou lillah*, *hamdou lillah*, *sidi*... Oui, j'ai commencé ma mission comme promis... Oui... Beaucoup de pain sur la planche. C'est bien le cas de le dire... Oui, tout à fait... Avec votre aide et la bénédiction de notre guide spirituel, tout ira bien... Je vous disais qu'avec votre aide et la bénédiction de notre guide spirituel, tout… Quoi, *Abou* Merouane ? Vous ne m'entendez pas ? Pas bien... Je vous l'ai déjà dit : ici la couverture réseau mobile est aléatoire… Attendez, je vais me déplacer un peu… (Omar recula de quelques pas en direction d'une petite clairière.) Là, vous m'entendez, *sidi* ? Pas bien… Attendez, je vais monter sur une butte située tout près de moi… »

Omar monté sur la butte, les deux garçons prirent la fuite, courant à perdre haleine en direction du village. Omar se lança à leur poursuite, le téléphone portable dans une main, l'autre tenant la *gandoura* relevée jusqu'aux genoux.

« Arrêtez, suppôts de Satan !, tonna-t-il, les yeux chauffés à blanc, les lèvres retroussées, les crocs en avant. Arrêtez, vilains sodomites… ! »

Les deux garçons continuaient de courir ventre à terre comme des lapins de garenne pourchassés par un loup affamé. Ils gravirent à vive allure le sentier grimpant vers le village. Omar les suivit sur la pente raide, encore une centaine de mètres, puis il s'arrêta, essoufflé et hors d'haleine, le cœur battant à un rythme effréné, les mollets flageolants, le corps en nage. *C'est sans doute l'effet de quatre années de vie sédentaire !*, pensa-t-il, dépité.

Les deux jeunes fuyards étaient à présent totalement hors d'atteinte. Omar s'accroupit sous les bras d'un noyer, le dos contre le tronc. « Que me dites-vous là, *Abou* Merouane ?, demanda-t-il au téléphone, les yeux écarquillés, l'air stupéfait. Moi, vous traiter de *suppôt de Satan* et de *vilain sodomite* ? À Dieu ne plaise, *sidi* ! À Dieu ne plaise !… Quoi, *sidi* ? C'est pourtant quoi ? Voudriez-vous répéter, *Abou* Merouane ? Je n'ai pas entendu la suite… C'est pourtant ce que j'ai dit ? Mais enfin, *Abou* Merouane ! Croyez-vous vraiment que moi, votre obligé, moi qui vous suis redevable de beaucoup dans cette vie, j'oserais m'adresser à vous en des termes si vulgaires ? Même fou à lier, je ne le ferais pas !

Je préférerais que la terre s'ouvre à mes pieds et m'engloutisse à tout jamais dans ses profondeurs abyssales… ! Quoi, *Abou* Merouane ? Voudriez-vous répéter ? Je ne vous entends pas… Oui, oui, c'est vrai ; j'ai prononcé ces vulgarités, mais elles ne vous étaient pas destinées ! Vous devriez vous en douter un peu quand même, *Abou* Merouane… Quoi, *sidi* ? À qui elles étaient destinées ? À deux jeunes vauriens du village que j'ai surpris dans les champs en flagrant délit de copulation, sauf votre respect… Bien sûr… Bien sûr que je les ai arrêtés. Je les ai arrêtés la main dans le sac, si j'ose dire… Oui, tout à fait… Je m'apprêtais à leur infliger une correction en bonne et due forme… Seulement voilà, au moment où je répondais à votre appel, les deux vauriens ont pris la clé des champs… »

38

Omar arriva devant la maison de Brahim Oumizane, les traits crispés, les yeux lançant des regards noirs, la respiration oppressée. Il toqua à la porte, trois coups brusques et successifs.

« Tiens !, lui dit celui-ci en ouvrant, surpris. C'est toi, Omar ?

— Oui, c'est moi.

— Quel bon vent t'amène ? Entre prendre le thé ! »

Omar déclina l'invitation. Une autre fois. Pourquoi pas tout de suite ? Tout de suite, il ne pouvait pas. Il était pressé. Il avait une course impérative à faire à l'autre bout du village. Il était venu juste pour euh…, pour euh… Il était venu juste pour le tenir au courant d'une affaire. Une affaire ? Oui, une grave affaire de mœurs impliquant son fils.

Oumizane écarquilla les yeux, une vague inquiétude dans l'air. Omar le mit au courant de la scène dont il venait d'être témoin, cita, pour conclure, un hadith condamnant les homosexuels à la mort par lapidation dans ce monde, à l'enfer éternel dans l'autre.

« C'est ça que tu appelles une *grave affaire de mœurs* ?, demanda Oumizane, l'air soulagé.

— C'en est bien une. Et elle est aussi grave que le meurtre ou l'apostasie.

— Tu exagères, Omar !

— Ah bon ?

— Ce que tu appelles une *grave affaire de mœurs* n'est en vérité qu'un simple égarement de la chair, un acte tout à fait anodin, surtout à cet âge-là.

— C'est une faute grave en islam, répliqua Omar, pas du tout content de la réaction d'Oumizane.

— Faute si l'on veut, concéda ce dernier sans guère de conviction. Par contre, ajouta-t-il en se grattant l'occiput, dans cette histoire, il y a une question qui me taraude l'esprit.

— Laquelle ?

— J'aimerais bien savoir dans quelle position se trouvait mon rejeton pendant l'acte.

— Que veux-tu dire par *position* ? »

Oumizane regarda Omar, interdit.

« Tu ne sais pas ou tu fais semblant de ne pas savoir ?

— Non, je ne sais pas.

— En d'autres mots, je voudrais savoir si mon garnement faisait ou subissait l'action. Tu as compris maintenant, ou faut-il que je te fasse un dessin ?

— *La charia* ne fait pas de distinction entre celui qui fait l'action et celui qui la subit.

— Moi si ; car dans cette affaire-là précisément, la position revêt une importance déterminante.

— Comment ça, Oumizane ?

— Est-il vraiment besoin que je t'explique que l'une des deux positions peut sérieusement compromettre l'honneur du garçon et, par ricochet, celui de toute sa famille ?

— Il était au-dessus, ton fils, finit par répondre Omar, de guerre lasse.

— Au-dessus, dis-tu, Omar ?

— Oui.

— Tu en es sûr ?

— J'en suis certain.

— Allah merci !, fit Oumizane dans un profond soupir de soulagement. Merci, Omar ; merci mille fois de m'avoir évité la honte internationale !

— Oumizane !, l'interrompit Omar.

— Oui.

— Je te vois content.

— Je suis surtout soulagé.

— De quoi ?

— De la peur que mon rejeton ait le mauvais rôle dans l'histoire.

— Parce que l'autre rôle n'est pas mauvais, à ton avis ?

— Si, mais pas au point de compromettre son honneur et celui des siens.

— Écoute-moi bien, Oumizane !

— Je suis tout ouïe, Omar.

— Cette histoire de position ne changera absolument rien au sort réservé à ton fils le Jour de la Rétribution.

— Quel sera-t-il, Omar ?

— Le châtiment suprême !

— Allah est clément et miséricordieux ; Il pardonnera.

— Pas aux auteurs de cet acte immonde qu'est l'homosexualité.

— Parce qu'une petite baise entre deux gamins est un acte immonde ?, demanda Oumizane, dubitatif.

— Tout à fait. Le saint hadith dit : "*Lorsqu'un homme monte un autre homme, le trône de Dieu s'ébranle de colère et d'indignation.*"

— Le trône de Dieu s'ébranle... ?, reprit Oumizane, une moue incrédule sur la figure.

— Oui, il s'ébranle de colère et d'indignation, tellement l'acte est ignominieux.

— Tu es sûr que c'est un hadith, Omar ?

— Aussi sûr que tu me vois, Oumizane. »

Le tailleur de pierre partit soudain d'un éclat de rire.

« Qu'est-ce que tu as, Oumizane ?, lui demanda Omar, stupéfait.

— Tu crois vraiment que le trône de Dieu se laisserait ébranler par une petite baise entre deux gamins désœuvrés et oisifs ?

— Oumizane !, s'écria Omar avec une colère mal contenue.

— Oui ?

— Sais-tu que celui qui met en doute la parole du Très-Haut ou celle de Son ultime messager, prière et salut sur lui, ira tout droit en enfer ? »

Oumizane se tut quelques secondes, puis partit à nouveau d'un grand rire.

« Le trône de Dieu s'ébranle ! Elle est bien bonne, celle-là !

— Assez, Oumizane !, lui intima Omar, hors de lui.

— Tu crois vraiment que le trône de Dieu se laisserait ébranler par une petite baise entre deux mômes ?

— C'est un hadith qui le dit, pas moi.

— À mon avis, ce hadith-là est du *genre faible*, comme disent les connaisseurs en la matière.

— Non, Oumizane, c'est un hadith authentifié, rapporté par l'éminent Al-Boukhari*, qui plus est.

— Al-Boukhari était, pour le peu que j'en sais, un homme comme les autres.

— Qu'est-ce que tu veux dire, Oumizane ?

— Les hommes se trompent, Omar ; Al-Boukhari étant un homme, il peut bien se tromper aussi.

— Oumizane !

— Oui, Omar ?

— Arrête de blasphémer !

— Est-ce blasphémer de dire qu'Al-Boukhari était un homme comme les autres ?

— Al-Boukhari n'était pas un homme comme les autres, justement.

— Il était quoi, alors ?

— Le plus grand érudit musulman de tous les temps. Il est aussi l'auteur de *Sahih Al-Boukhari*, le livre le plus sacré en islam après le saint coran.

— N'empêche que son hadith est douteux.

— Sur quoi te bases-tu pour émettre un tel jugement ?

— Sur la chose la mieux partagée entre les hommes.

— Quelle est-elle ?

— Le bon sens. C'est le bon sens qui me dit que le prophète Mohammad, homme intelligent et sage, s'il en est, ne peut être l'auteur d'une formule si stupide.

— Gare à toi, Oumizane ! Les anges du ciel enregistrent tes propos dans le grand rouleau. Ils te les sortiront le Jour de la Rétribution finale et tu te retrouveras au fin fond de l'Enfer pour l'éternité.

— Ben voyons ! À t'écouter, Omar, on dirait que tu es dans les secrets des anges.

— Ce que je dis est écrit noir sur blanc dans le saint Livre.

— Peut-être, peut-être... Mais il faut savoir raison garder, Omar.

— Parce que je l'ai perdue, la raison ?

— Si tu crois que le trône de Dieu, sans doute cent fois plus stable que le *Toubkal**, s'ébranle suite à une petite baise entre deux bambins, on ne peut pas dire le contraire.

— Tu persistes donc, Oumizane ?

— Le trône de Dieu qui s'ébranle suite à une petite baise entre deux bambins !, répéta le tailleur de pierre en se remettant à rire de plus belle. Elle est bien bonne, celle-là ! *Ouallah* elle est bien bonne ! Elle est même la meilleure que j'ai entendue cette année ! »

Omar pivota brusquement sur ses claquettes bédouines et s'en alla, ramant des bras, furieux.

39

La grande prière hebdomadaire terminée, Moulay Abdeslam, l'imam du village, s'assied en fakir sur une peau de mouton, face à l'assistance, une dizaine de feuillets imprimés entre ses petites mains potelées. C'est le prêche de la semaine, concocté au ministère des Affaires islamiques, puis envoyé aux cinquante mille mosquées du pays. Les imams sont sommés de le prononcer tel quel. Toute modification du contenu est vivement déconseillée, toute interprétation se référant à un autre rite que le malékisme est formellement interdite. Interdite de même la traduction en berbère de la parole d'Allah et celle de Son ultime messager ; aux pratiquants de faire l'effort d'apprendre l'arabe classique, « la langue sacrée », à en croire le calife *Omar Ibn Al-khattab**. Cela fait treize siècles que le rouleau compresseur islamo-arabisant est en marche en Afrique du Nord. Résultat : la plupart des Berbères sont radicalement acculturés et, comble de la bêtise, fiers de l'être. Seule une minorité éclairée se bat pour préserver ce qui reste de sa langue et de sa culture.

Les sujets des prêches sont, en règle générale, d'ordre religieux : la prière, le ramadan, le pèlerinage à La Mecque, le pardon, la charité, le Jour de la Rétribution, le paradis, l'enfer… De manière occasionnelle, les prêches portent sur des sujets d'ordre politique, économique, sanitaire, écologique... L'imam se transforme alors en fonctionnaire :

il incite les pratiquants à s'inscrire sur les listes électorales, les encourage à voter, à se faire vacciner, à inscrire leurs enfants à l'école, à souscrire à la construction d'une mosquée, à rationaliser l'utilisation de l'eau et de l'électricité… Ennuyeux comme le soleil – la pluie étant une denrée rare de ce côté-ci de la Méditerranée –, les prêches du vendredi sont, pour la plupart des pratiquants, l'occasion de se détendre, de se relaxer, voire de piquer un somme.

Moulay Abdeslam redresse l'échine, ajuste son turban, s'éclaircit la voix... Les bruits baissent progressivement autour de lui, jusqu'à mourir tout à fait. Moulay Abdeslam commence la lecture du prêche hebdomadaire, entièrement consacré aux élections législatives, le pays s'apprêtant à renouveler sa chambre des représentants. Il rappelle à l'assistance que voter est un droit et un devoir pour tous les citoyens âgés de dix-huit ans et plus.

« C'est en votant, ajoute-t-il, que nous renforcerons nos institutions et consoliderons la démocratie dans notre pays. C'est en votant que nous…

— Non, Moulay Abdeslam !, l'interrompt brusquement une voix. Démocratie n'a pas droit de cité en terre d'islam ! »

Assis au premier rang, Omar se redresse. Les gens se tournent tous vers lui, stupéfaits. Jamais personne au village n'a osé interrompre l'imam pendant le prêche, encore moins le contredire.

« Démocratie est *fitna** !, poursuit Omar en martelant les mots, l'index menaçant un ennemi invisible, comme ferait un taliban face à une caméra de télévision occidentale. Son principal objectif : diviser la *oumma** pour la fragiliser. Démocratie est une invention de l'Occident décadent, qu'Allah le maudisse dans ce monde et dans l'autre ! La *oumma* se fonde sur le khalifat, pas sur des élections bidon. Par ailleurs, démocratie est une incitation claire à l'immoralité et à la dépravation des mœurs. Avez-vous déjà vu à la télévision comment se déroule une élection dans les pays occidentaux ? De longues files d'hommes et de femmes mêlés des heures durant devant des bureaux de vote ! En attendant leur tour de voter, ils se serrent, se touchent, se collent les uns aux autres, se frottent comme dans un autobus bondé. Est-ce cela que vous voulez, fidèles d'Allah… ? »

Pris de court, Moulay Abdeslam se fige dans sa posture, les yeux écarquillés, l'air désemparé d'un lapin de garenne pris dans les phares d'une voiture.

« *Mes frères en Allah*, enchaîne Omar, le dos tourné au pauvre Moulay Abdeslam comme à une quantité négligeable, l'islam, c'est la *charia* ! Tout ce qui n'est pas *charia* est déviance ! Tout ce qui n'est pas *charia* est ténèbres ! Méfiez-vous des suppôts de Satan qui ont marié l'islam, ultime expression de Dieu, à la démocratie, œuvre impie par excellence ! Le résultat de leur diabolique machination est cet islam dévoyé que l'État central et ses acolytes cherchent à nous inculquer, à vous inculquer, par tous les moyens ! Méfiez-vous, *mes frères en Allah* ! Soyez sur vos gardes… !

— Qu'est-ce que cela veut dire, *islam dévoyé*, *sidi* Omar ? », demande une voix du fond de la mosquée.

Omar se retourne, arrache violemment les imprimés des mains de Moulay Abdeslam, encore pétrifié dans sa posture d'homme hébété, se demandant vainement ce qui lui arrive.

« C'est cela, l'islam dévoyé !, tonne-t-il en brandissant les imprimés, un air de répulsion sur la figure. Ce simulacre de prêche qu'on envoie toutes les semaines de Rabat pour vous endormir ! L'islam authentique est tout à fait aux antipodes des bobards consignés dans ces feuilles de chou ! »

D'un geste dédaigneux, Omar balance violemment les imprimés par-dessus son épaule ; ils s'élèvent dans une danse folle, heurtent le plafond puis retombent sur le turban de

Moulay Abdeslam en un second couvre-chef disloqué et ridicule. De mémoire d'homme, jamais imam n'a été aussi humilié dans l'exercice de ses fonctions.

« C'est quoi l'*islam authentique*, *sidi* Omar ?, demande H'cine Abidar.

— L'*islam authentique* est l'application à la lettre de la *charia* comme aux premières heures de l'État islamique à Médine, il y a quatorze siècles. C'est cet islam-là qu'Allah, le Très-Haut, et Son ultime messager, prière et salut sur lui, nous recommandent vivement de suivre.

— C'est cet islam-là que nous voulons suivre !, reprend H'cine Abidar, galvanisé.

— Oui, c'est cet islam-là que nous voulons suivre !, répètent plusieurs autres voix dans l'assistance.

— *Allahou akbar* !, tonne Omar, triomphant. *Allahou akbar* !

— *Allahou akbar* !, reprend après lui l'assistance, d'une seule voix.

— *Mes frères en Allah*, "*Dieu ne modifie point la situation d'un peuple tant que les individus qui le constituent ne se sont pas modifiés eux-mêmes* ", Sourate Le Tonnerre, verset 11.

— Qu'est-ce que cela veut dire, *sidi* Omar ?

— Cela veut dire que le Maître de l'univers vous accorde une ultime occasion de vous racheter. Si vous ne la saisissez pas, vous subirez le châtiment éternel ! »

Sur cette interprétation abracadabrante de la sourate *Le Tonner*, Omar se retire, content d'avoir défait l'imam en public et rudement ébranlé l'islam officiel dans les esprits. Les villageois lui emboîtent le pas, totalement subjugués.

40

Moulay Abdeslam se retrouve seul dans la salle de prière. Seul et esseulé. Le dos voûté, le cœur gros, l'estomac noué, l'homme mesure avec effroi l'étendue de son naufrage.

Habitué à vivre dans un confort relatif, avec une sinécure en guise de travail, Moulay Abdeslam se fait un sang d'encre à l'idée d'être renvoyé de la mosquée de Tizi Ounddame pour incompétence. Il se voit déjà errant par monts et par vaux en quête d'un *mihrab* vacant, traînant derrière lui sa smala morveuse et braillarde vers un horizon incertain. L'image lui glace le sang dans les veines. Il ferme les paupières, se met à murmurer en boucle la sourate *Al-falaq*, l'aube naissante, censée conjurer le mauvais sort : « *Je cherche protection auprès du Seigneur de l'aube naissante, contre le mal des êtres qu'Il a créés, contre le mal de l'obscurité quand elle s'épaissit, contre le mal des sorcières qui soufflent sur les nœuds, contre le mal de l'envieux quand il envie, contre le mal de...* »

Moulay Abdeslam n'en était pourtant pas à son premier revers de fortune en ce bas monde : il en avait vu bien d'autres au cours de sa vie, et de toutes les couleurs, une interminable succession de misères diverses : chagrins, déconvenues, humiliations, avanies et revers du destin.

À l'âge de six ans, son père l'inscrivit à l'école coranique de Taroudant, située à soixante kilomètres d'Imi Oughbal, son *douar*. Là, le petit Abdeslam a connu le harcèlement, les brimades, la solitude, la faim et la violence. Il a été violé plusieurs fois par des condisciples plus âgés que lui, mais aussi par deux de ses enseignants, dont un septuagénaire malentendant, éminent professeur de l'exégèse coranique et, dit-on, homme très à cheval sur les principes religieux. « *Pour apprendre les cent quatorze sourates du Saint Livre*, a écrit Moulay Abdeslam dans son journal intime, *j'ai dû encaisser cent quatorze bites au pensionnat, peut-être davantage.* »

Une vingtaine de pages plus loin, Moulay Abdeslam écrit : « *L'humiliation publique que m'a infligée cet enfoiré d'Omar Boutillas vendredi dernier à la mosquée de Tizi Ounddame, en présence des villageois, est sans doute la pire infortune qui me soit arrivée au cours de ma vie.* »

Vers dix heures du soir, à l'heure où les chèvres enfermées dans les appentis cessent de bêler, Moulay Abdeslam enfile un large burnous couleur de la nuit, en rabat le capuchon sur la tête comme pendant les rudes nuits d'hiver.

« Où vas-tu à cette heure-ci, tout de noir vêtu ?, lui demande Jammou, sa femme, inquiète.

— J'ai rendez-vous avec un revenant ! », réplique l'imam, pas du tout content.

Jammou bondit en arrière, les yeux exorbités, l'air effaré. Elle retire à la hâte la petite main de Fatma qui lui sert de pendentif, l'embrasse à deux reprises pour conjurer le mauvais sort, puis file vers sa chambre sans demander son reste. La bonne femme a toujours eu une peur atroce de son imam de mari : parce que connaisseur du Livre et du hadith, l'homme est censé traiter avec les êtres du monde parallèle, souvent malfaisants : génies, djinns, lutins, gnomes et autres démons malicieux.

Moulay Abdeslam s'en va chez les Boutillas, rasant les murs comme une ombre chinoise, s'effaçant au moindre bruit. Il ne faut surtout pas que quelqu'un le reconnaisse ; il pourrait deviner le motif de sa virée nocturne.

Arrivé devant la maison des Boutillas, il soulève le heurtoir en fer forgé, le laisse tomber à deux reprises. Deux longues minutes s'écoulent avant qu'un bruit de pas ne lui parvienne du vestibule. La vieille porte en bois de noyer grince sur ses gonds rouillés, puis s'ouvre dans un miaulement de félin blessé. Une silhouette d'homme se profile dans la béance parcimonieusement éclairée.

« C'est qui ? » demande Omar.

Le visiteur ôte son capuchon.

« C'est moi, Moulay Abdeslam. Pardon de t'avoir dérangé à une heure si tardive.

— Quel vent t'amène, Moulay Abdeslam ?

— Si tu permets, Omar, répond l'imam, très mal à l'aise, je voudrais te parler une minute.

— Je t'écoute, Moulay Abdeslam.

— Je voudrais d'abord te dire que l'islam, dont tu as parlé tout à l'heure à la mosquée, ne m'est pas inconnu. (Omar hausse un sourcil, l'air dubitatif.) Je t'assure, Omar, que cet islam-là ne m'est pas inconnu. Les autres non plus, d'ailleurs. Je connais sur le bout des doigts tous les courants religieux, tous les rites, toutes les écoles de jurisprudence ; je connais aussi leurs fondateurs, un par un. Seulement voilà, en tant qu'imam, je dois m'en tenir à l'islam de l'État, celui inscrit dans la constitution du pays, à savoir l'islam sunnite de rite malékite.

— Pourquoi ?

— Mon ministère de tutelle m'interdit formellement de me référer aux autres courants.

— Tu crains donc plus ton ministère de tutelle que ton créateur ?, relève Omar sur un ton de réprimande.

— Écoute-moi, Omar, s'il te plaît !

— Je t'écoute.

— Cela fait quinze ans que j'officie à la mosquée de ce village sans que personne n'ait jamais rien trouvé à redire.

— Normal, répond Omar, un tantinet sarcastique. “*Au royaume des aveugles…*” », ajoute-t-il, laissant la suite de l'adage en suspens.

Ayant vu que la discussion a pris un tour qui ne ferait que compliquer davantage sa situation, Moulay Abdeslam change brusquement d'attitude : il avance d'un pas vers son puissant ennemi, les mains jointes, la tête penchée sur le côté, l'air d'un chien battu.

« *Sidi* Omar, lui dit-il avec des trémolos dans la voix.

— Oui, Moulay Abdeslam.

— Je suis un homme accablé, au bord du gouffre. »

Omar desserre les lèvres pour dire quelque chose, mais il se ravise. Moulay Abdeslam enchaîne :

« J'ai dix bouches à nourrir : ma vieille mère, ma femme, sauf ton respect, moi et mes sept mioches, dont l'aîné mouille encore sa culotte trois nuits sur deux. Si, par malheur, je perds mon travail d'imam, tout ce beau monde crèvera la dalle à coup sûr. Tu me diras : “*Va officier ailleurs ! Trouve-toi une autre mosquée !*” J'aimerais bien, Omar, sauf qu'il n'y a pas de mosquée vacante à vingt lieues à la ronde ! Et pour cause, le pays compte trois fois plus d'imams que de mosquées ; ils sont aussi nombreux que les pierres de la rivière. Tu me diras : “*Trouve-toi un autre boulot ! Il n'y a pas que l'imamat pour gagner ta vie.*” Ça pouvait être une solution pour moi, s'il n'y avait cette montgolfière qui me rend incapable de faire le moindre effort physique (de la main, Moulay Abdeslam tape à deux reprises sur sa bedaine pantagruélique). Tu me vois travailler la terre avec ça ? Tu me vois moissonner l'orge, fendre le bois, tailler la pierre ou grimper sur les noyers avec ça… ? *Sidi* Omar, il se fait tard ; je vais te dire le fond de ma pensée, franchement et sans filtre : l'imamat n'a jamais été pour moi qu'un gagne-pain, le mien et celui de ma smala. Je l'exerce comme d'autres labourent leurs lopins de terre dans la vallée, ou emmènent paître leurs troupeaux de chèvres dans les sous-bois : une activité alimentaire, purement alimentaire. Les courants religieux, les doctrines, les rites, les écoles et tout le tralala, je m'en fiche comme de l'an quarante ! Je me fiche tout autant des théologiens musulmans, leurs querelles sémantiques et leurs interminables prises de bec à propos de futilités. Crois-moi, Omar, je connais ces théologiens ; je les ai tous lus à la *medersa** de Taroudant, un par un : Ahmed IbnouTaymiyya, Nouâmane Ibnou Tabit *Abou* Hanifa, *Abou* Hassan Ibnou Ismail Al-Achâari, Malek Ibnou Anass, Ahmed Ibnou Hanbal, Mohammad Ibnou Idriss Shafiî… J'ai lu attentivement leurs ouvrages, mais aussi les hagiographies qui leur ont été consacrées. La principale préoccupation de tous ces machins Ibnou bidules était la persécution des savants et des philosophes musulmans, aussi bien les vivants que les morts, sous prétexte que l'étude des sciences exactes et de la philosophie semait le doute dans l'esprit des musulmans et les détournait ainsi de leur religion. Ils ignoraient qu'en condamnant ces deux disciplines majeures, ils allaient plonger le monde arabo-musulman dans l'obscurantisme et le sous-développement pendant des siècles.

— Tu ne peux quand même pas mettre tous nos théologiens dans le même panier, Moulay Abdeslam !

— S'il faut absolument en tirer un, ce serait Ahmed Ibnou Toufiq Amarigh. Le seul et unique Ibnou qui compte pour moi.

— Qui c'est, celui-là ?, lui demande Omar, interdit. Je n'ai jamais entendu parler de lui.

— L'actuel ministre des Affaires islamiques et, surtout, l'homme qui me rémunère tous les mois, sans faute, et nous permet ainsi, ma famille et moi, d'échapper à la faim. En retour, je lui obéis au doigt et à l'œil, exécute à la lettre ses consignes… Comme *sidi* Ahmed Ibnou Toufiq Amarigh me demande de m'en tenir à l'islam sunnite, je m'en tiens à l'islam sunnite. Si, demain ou après-demain, il me demande de passer à l'islam chiite, kharidjite ou même ibadite, je m'exécuterai sans la moindre hésitation. Si, un jour, *sidi* Ahmed Ibnou Toufik Amarigh pète un plomb et me demande d'entonner les louanges de Satan dans la salle de prière, je les entonnerai à plein gosier... »

Le visage pâle comme un linge, le regard catastrophé, la respiration courte, Moulay Abdeslam semble au bord de la crise cardiaque. Omar le prend soudain en pitié.

« N'aie crainte, Moulay Abdeslam !, le rassure-t-il. Je n'ai aucune intention de te supplanter.

— Merci, *sidi* Omar, se hâte de répondre l'imam, soulagé.

— Seul le prêche du vendredi m'intéresse.

— Je te le cède, *sidi* Omar. Je te le cède volontiers.

— Tu continueras, précise Omar, de diriger les cinq prières quotidiennes comme tu l'as toujours fait jusqu'ici ; mais tu ne te mêleras plus du prêche du vendredi !

— Plus jamais, *sidi* Omar. »

Heureux d'avoir sauvé son gagne-pain d'un danger certain, Moulay Abdeslam se casse en deux pour baiser la main d'Omar, conformément à l'adage populaire marocain qui dit : « *La main que tu ne peux couper, baise-la.* » Omar retire la sienne avant que les lèvres pendantes et molles de l'imam ne l'atteignent.

41

Le traité de paix entre en vigueur le vendredi suivant : la grande prière terminée, Moulay Abdeslam cède *le mihrab* à Omar et se retire à pas feutrés, la tête baissée. Des murmures courent dans les rangs, d'un bout à l'autre de la salle de prière ; les gens se regardent, s'interrogent, cherchent à deviner ce qu'il s'est passé entre les deux rivaux dans les coulisses.

Le silence revenu, Omar prend la parole. Les villageois s'attendent à ce qu'il donne une explication à l'intrigue confuse qui vient de se tramer devant eux. Il n'en sera rien.

« L'islam authentique, commence d'emblée Omar, exige de ses adeptes de remplir un certain nombre de conditions.

— Lesquelles, *sidi* Omar ?, demandent deux ou trois voix.

— La première est de maîtriser l'arabe classique. C'est la condition *sine qua non* pour…

— Excusez-moi, *sidi* Omar, de vous interrompre, intervint Brahim Agouid, mais qu'est-ce que cela veut dire *l'arabe classique* ?

— C'est la langue la plus riche et la plus expressive au monde, celle qu'Allah, le Maître de l'univers, a choisie pour s'adresser aux humains.

— Je ne vous apprends rien, *sidi* Omar, relève L'houçaïn Aourzid, mais personne au village ne connaît cette langue-là.

— Déjà que la plupart parmi nous peinent à parler correctement l'arabe dialectal !, renchérit Ali Outchddirte.

— Personnellement, intervint Iydar Akdim d'une voix bien timbrée, je suis incapable de faire une phrase correcte en arabe dialectal. (Hilarité générale.) Quant à l'arabe des livres, n'en parlons même pas !

— *Sidi* Omar, propose Brahim Agouid, vous qui connaissez bien les deux langues, le berbère et l'arabe classique, pourquoi ne nous traduisez-vous pas les prêches en berbère ? Cela nous faciliterait beaucoup la tâche.

— "*La langue arabe fait partie de la religion*", réplique Omar, citant le théologien Ahmad Ibnou Taymiyya*. Le coran et le hadith ne peuvent être correctement saisis avec une autre langue que l'arabe, si riche et si expressive soit-elle.

— Ne voyez-vous pas, *sidi* Omar, objecte Hmad Agnaou, qu'il est trop tard pour nous d'apprendre ? Nous n'avons plus ni l'âge ni la tête à aller sur les bancs de l'école.

— … »

Les demandes semblent raisonnables ; les objections, fondées. Avant d'y répondre, Omar réfléchit un moment, un doigt sur la tempe. Traduire la parole d'Allah en berbère serait un sacrilège ; la prêcher dans une langue étrangère, ou presque, reviendrait à pisser dans un violon… En cogitant ainsi, une idée lui vient à l'esprit :

« Et si je vous donnais des cours d'arabe classique ?, propose-t-il aux villageois. Une ou deux heures par jour pendant quelques mois.

— M'est avis que c'est une bonne idée, *sidi* Omar.

— Elle n'est pas si bonne que ça.

— Pourquoi donc ?

— Le jour, nous vaquons à nos occupations. Il faut bien que nous gagnions notre pain quotidien.

— Et le soir, alors, après la prière d'*al-âcha'a* ?

— M'est avis que le soir est une bonne idée, *sidi* Omar.

— Oui, le soir nous convient mieux.

— La deuxième condition que vous devez remplir, enchaîne Omar, est d'adopter la mise des premiers musulmans ; la vôtre actuelle contraste singulièrement avec la pratique de l'islam authentique.

— Que devons-nous faire concrètement, *sidi* Omar ?

— Les hommes doivent porter la barbe et se vêtir comme les premiers musulmans, qu'Allah ait leur âme en Sa vaste miséricorde : calotte, ou turban, *gandoura* de couleur sombre, saroual bouffant et claquettes bédouines. Les femmes et les filles en âge de susciter le désir ont l'obligation formelle de porter le voile intégral.

— La barbe, la calotte, la *gandoura* et le saroual bouffant ne me gêneraient personnellement pas, relève Brahim Aberchah. En revanche, les claquettes bédouines ne seraient pas pratiques sur nos sentiers pentus, souvent caillouteux ; elles pourraient même être dangereuses en hiver, quand les chemins sont boueux et glissants.

— Si vous permettez, *sidi* Omar, ajoute Slimane Abayou, je pense que le voile intégral n'est pas non plus un habit pratique pour nos femmes.

— Comment ça ?

— Une femme intégralement voilée aura de la peine à remplir certaines tâches.

— Lesquelles ?

— La corvée de bois, celle de l'eau, la traite des chèvres, la lessive au lavoir… »

Acculé, Omar fait une concession sur les claquettes bédouines, les laissant au libre choix de chacun. Pour le voile intégral, il reste intransigeant : « Il n'y a pas d'islam authentique sans le voile intégral pour les femmes et les filles en âge de susciter le désir ! », martèle-t-il chaque fois que la question est soulevée. Pour couper court aux discussions, il cite deux hadiths menaçant d'enfer tout musulman dont l'épouse et les filles pubères ne portent pas le voile :

« *L'épouse non voilée ira en enfer ; son mari et son père aussi. Les trois n'auront droit à aucune circonstance atténuante.* » Puis : « *Maudits soient les hommes qui acceptent que leurs épouses et filles nubiles se pavanent devant eux sans voile !* »

Les récalcitrants abdiquent aussitôt, effrayés.

La question du voile tranchée, Omar détaille les modèles de pensée et les règles de conduite à suivre pour devenir « un musulman authentique », telles qu'elles ont été définies par Ahmad Ibnou Taymiyya* et Mohammad Ibnou Abdel Wahhab* – théologiens de référence pour les deux courants islamistes les plus radicaux : le wahhabisme et le salafisme. Omar commence ainsi la mission qu'*Abou* Merouane lui a confiée : endoctriner les gens de Tizi Ounddame pour en faire de fervents adeptes de la Mouvance. Deux à trois fois par semaine, il lui rend compte de l'évolution de la situation au village par des messages audio, via l'application WhatsApp, le réseau téléphonique étant souvent de piètre qualité. *Abou* Merouane lui dicte les actions à entreprendre pour mener à bien sa mission, lui donne des solutions aux problèmes qui se posent et des conseils pratiques pour atteindre ses objectifs et développer ses compétences en matière d'endoctrinement islamiste – un véritable travail d'accompagnement, ou de *coaching*, pour utiliser un anglicisme à la mode.

Les gens de Tizi Ounddame se radicalisent ainsi de prêche en prêche : les interdits se multiplient, les *fatwas* tombent, la culture et les traditions berbères sont régulièrement frappées d'anathèmes, les mentalités s'enfoncent, chaque jour un peu plus, dans une nuit aussi obscure qu'infinie.

Le septième prêche a lieu la veille des élections législatives. Omar y émet la *fatwa* qui va alerter les autorités de la région et propulser Tizi Ounddame sur le devant de la scène : le boycott du scrutin. Elle sera suivie par tous les villageois, hommes et femmes, jeunes et vieux. La plupart par conviction ; les autres, une minorité, par désintérêt de la politique, sans doute aussi un peu par peur d'être frappés d'ostracisme. Résultat à la fermeture du bureau de vote : une urne vierge.

42

Quoique situé dans une région montagneuse, Tizi Ounddame connaît chaque été sa période de canicule : une à deux semaines, entre fin juillet et début août. Le soleil retrousse ses manches dès le matin et tape sans pitié sur le village. La température frise parfois les quarante degrés ; la chaleur devient accablante pour les gens du pays, plutôt habitués au froid. Certains jours, au milieu de l'après-midi, des nuages épais et sombres montent dans le ciel et pèsent sur le village comme une chape de plomb. Pas le moindre souffle ne remue les feuilles des noyers, pas la moindre brise n'agite les épis de maïs. Les gens scrutent le ciel avec l'espoir qu'un orage éclate quelque part et ramène ainsi la température à des degrés plus cléments.

C'était justement le cas cet après-midi de juillet ; le soleil était si bas dans le ciel qu'on l'aurait cru près de s'effondrer sur la terre, avec le noir dessein de la réduire en brasier fumant. Tizi Ounddame ressemblait à une étuve de laboratoire ; on y manquait d'air, on y transpirait sans rien faire.

Au début de l'après-midi, la chaleur montait, le chant des cigales s'intensifiait. Les villageois suspendaient leurs activités champêtres, l'un après l'autre, et regagnaient leurs demeures. Après un repas léger et frais, un bol de semoule d'orge au petit-lait, en règle générale, ils s'offraient une bonne sieste dans un coin frais de la maison, celui que le soleil ne visitait jamais, de préférence. Sieste est sans doute un euphémisme puisque, en cette période de canicule, elle se prolongeait souvent jusqu'à l'appel à la prière d'*al-âsr**.

N'ayant aucune envie de sieste cet après-midi-là, Omar se rendit à la vallée en contrebas. Il marcha au bord de la rivière, où coulait une eau cristalline et froide. Toutes les cinq minutes, pour se rafraîchir, il trempait un pied dans le courant, s'aspergeait le visage, se mouillait les cheveux... Il aurait aimé faire trempette dans un coin à l'abri des regards, mais il ne pouvait passer à l'acte, la baignade étant un loisir pratiqué par des hommes de peu de foi.

Çà et là, des enfants du village jouaient dans l'eau, barbotant, s'ébattant, gazouillant, riant aux éclats, insoucieux de la vie. Omar s'arrêtait près d'eux, les regardait un moment, nostalgique, puis reprenait sa promenade.

Au détour de la rivière, il aperçut une jeune femme se baigner dans le courant en compagnie de deux enfants – une scène invraisemblable, la baignade était, est toujours, dans ces régions de l'arrière-pays, la chasse gardée des mâles, les plus jeunes, surtout. Omar s'approcha à pas de loup, curieux de voir la tête de cette baigneuse qui faisait fi des convenances. Il pénétra dans un champ de luzerne, se retira derrière une haie de roseaux, de façon à voir sans être vu.

La baigneuse ne tarda pas à émerger du courant comme une sylphide surgissant des limbes ; la longue tunique en coton bleue, qui lui servait de maillot de bain, collait à son corps de déesse numide comme une seconde peau, soulignant le vallonnement vertigineux des hanches et le galbe parfait du reste. Au moment où elle releva la tête, Omar la reconnut : c'était Zineb, la fille aînée de Brick Ayour, l'un des deux épiciers du village. En même temps, il revint de sa surprise, Zineb ayant, depuis des années, la réputation d'une fille libre et émancipée, un peu trop, même.

Mais Zineb était surtout la plus jolie fille à Tizi Ounddame, peut-être même à des lieues à la ronde. Aucune autre de ses congénères ne pouvait rivaliser avec elle. C'était une belle brune aux formes de rêve, proportionnées et harmonieuses. Elle avait les traits fins, les yeux grands et noirs, d'une pureté cristalline ; le blanc y était de neige, le noir de jais. Au village, on avait vu naître une nouvelle expression : « *Belle comme Zineb Ayour.* » Elle y est encore utilisée aujourd'hui, aussi bien par les femmes que par les hommes.

Abdeslam Boutserrite, le grand poète, célébra la grâce de la jolie fille en ces vers, que bien des villageois fredonnent encore quand ils sont de bonne humeur.

« *Que vous dirais-je de Zineb Ayour ?*
C'est un présent du Ciel
Une éclaboussure du soleil
Un joyau de la création
Une beauté à damner les anges
La preuve vivante que Dieu existe
Qu'Il est beau
Et qu'Il aime la beauté. »

Quand Zineb se trouvait quelque part, le temps suspendait son vol, le reste passait au second plan. Les regards, tous les regards, convergeaient vers elle, comme sous l'effet d'un puissant fluide magnétique. Tidar Ayour, sa mère, prétendait que, certains soirs, en présence de Zineb, ils n'avaient pas besoin d'allumer à la maison tellement elle rayonnait. Brick, son père, racontait à qui voulait le croire qu'un prince d'Arabie s'était présenté un soir à lui, déguisé en paysan du pays, et lui avait demandé la main de sa fille en échange d'une dot faramineuse : quarante lingots d'or massif, le titre foncier d'un puits de pétrole aux environs de Médine, une somptueuse villa pied dans l'eau et un pèlerinage à La Mecque pour toute la famille, avec prise en charge totale.

« Réflexion faite, ajoutait le père, fier comme Artaban, j'ai éconduit le nabab sous prétexte que Zineb était déjà fiancée à un jeune du village. Que voulez-vous ? Je ne veux pas que ma fille aille s'installer si loin de moi. »

L'incroyable histoire racontée par l'épicier était, en réalité, un rêve qu'il avait fait au cours d'une nuit au sommeil perturbé. Le lendemain, à l'heure du petit déjeuner, Tidar, sa femme, lui demanda :

« Dis donc, Brick ! Qui toquait hier à la porte, en pleine nuit ?

— Personne, répondit l'épicier, surpris.

— Comment ça, personne ? Je t'ai entendu te lever, allumer, puis ouvrir...

— Tu es sûre ?

— Sûre et certaine. Je t'ai même entendu parler.

— Parler ?

— Oui.

— À qui ?

— C'est à toi de me le dire.

— Je ne me souviens pas. Ou alors un peu, vaguement.

— Je t'ai entendu parler avec un homme.

— Qui était-ce ?

— Je ne sais pas.

— C'est curieux.

— Tout ce que je sais, c'est que ce n'était pas quelqu'un du village.

— Comment le sais-tu ?

— Il parlait arabe. »

L'épicier écarquilla les yeux, stupéfait.

« Il parlait arabe, dis-tu ?

— Oui.

— En es-tu sûre ?

— J'ai bien quelques légers troubles de la vision le soir, mais mon ouïe est particulièrement fine, de jour comme de nuit. »

Brick comprit alors que la visite du prince d'Arabie déguisé en paysan du pays n'était pas un rêve. Il raconta par le menu l'incroyable histoire à sa femme.

« Tu aurais dû accepter la demande de ce bon prince, Brick !, lui dit Tidar, dépitée et amère. C'était l'occasion pour nous de faire fortune et de passer enfin de l'existence à la vie.

— Zineb ne voudrait pas de lui.

— Qu'est-ce que tu en sais ?

— Je le sais, c'est tout.

— Lui as-tu demandé son avis, au moins ?

— Ce n'était pas la peine.

— Pourquoi ?

— Le prince était laid.

— Laid ?

— Oui, laid.

— Laid laid ?

— Oui, laid laid.

— Laid comment ?

— Comme un crapaud.

— À ce point ?

— Oui. Et encore, je suis gentil dans la comparaison.

— Mon Dieu !

— Il y a encore du café ?

— Oui.

— Ressers-moi ! »

Tidar le resservit.

« Quel dommage !, soupira-t-elle.

— Quoi ?

— Que ce bon prince soit si laid !

— Il ne peut pas tout avoir.

— Pourquoi ?

— La vie ne donne pas tout aux humains... »

Brick parlait en mangeant son pain d'orge trempé dans un mélange d'huile d'olive, de miel de forêt et de beurre rance – petit-déjeuner préféré des Berbères du Haut Atlas. De temps en temps, il buvait une bonne gorgée de café. Tidar regardait fixement un point vague sur le tapis, l'œil songeur.

« Dis-moi, Brick !, reprit-elle après un long silence.

— Quoi, encore ?

— Pourquoi la vie ne donne pas tout aux humains ?

— Parce qu'ils ne le méritent pas. Ce sont des ingrats patentés, les humains. Et ça ne date pas d'aujourd'hui. »

Si les histoires racontées par l'épicier et sa femme à propos de leur fille tenaient plus de la fiction que de la réalité, une chose était néanmoins sûre : tous les mâles de Tizi Ounddame, sans distinction d'âge ni d'état, étaient épris de Zineb, tous rêvaient de la prendre un jour dans leurs bras. En même temps, tous redoutaient son émancipation et son indépendance d'esprit – des *tares*, regrettaient-ils, que la jolie fille avait contractées quelques années auparavant, au collège d'Asni.

43

Pendant qu'Omar épiait Zineb à travers la haie de roseaux, un souvenir lui revint en mémoire : il se vit assis sur une pierre au pied du *douar*, en compagnie d'une dizaine d'autres villageois, des adolescents et des jeunes en majorité. Tous guettaient l'arrivée de Zineb, alors élève au collège d'Asni. La jolie fille avait l'habitude de rentrer chez elle tous les vendredis après-midi, entre seize et dix-sept heures. La fourgonnette brinquebalante d'Ouhemmou la déposait au bout de la piste carrossable, au lieudit Ifri n'Izem. Zineb continuait l'ascension à pied jusqu'à Tizi Ounddame, souvent en compagnie de villageois de retour d'Imlil, d'Asni ou d'ailleurs ; une bonne heure de marche sur des chemins escarpés et abrupts. Au pied du village, elle retrouvait, immanquablement, une vingtaine de soupirants en train d'attendre son arrivée comme des fans attendent une star à la sortie de sa résidence. Le plus fidèle au poste, mais aussi le plus curieux, était Boujja Amagous. Homme marié et père de quatre enfants, Boujja prétendait être là pour accueillir un parent qui devait arriver tantôt d'Imi-Oughlade, tantôt de Tacheddirte, tantôt d'Imsker.

Certains soupirants de Zineb se contentaient de la regarder de loin. C'étaient les admirateurs réservés, les amoureux platoniques, dont un seul regard de la ravissante jeune fille suffisait à embaumer le cœur et à nourrir l'imagination des jours et des nuits durant. Le cas le plus émouvant était sans doute celui de Driss Ousdad, un jeune homme décharné et chétif, le visage pâle comme une endive, les yeux enfoncés. Driss disait qu'il aimait Zineb « *pour le geste* », comme dans la chanson, « *sans vouloir le reste* ».

D'autres, plus audacieux, se pressaient autour de la jolie fille pour lui souhaiter la bienvenue, lui porter son sac, lui glisser un mot gentil, un autre pour rire...

Omar faisait partie de la première catégorie, celle des soupirants discrets, comme Driss Ousdad. Il se tenait à l'écart de la foule des amoureux et admirait la ravissante Zineb, comme ça, de loin. Omar fantasmait particulièrement sur sa bouche en forme de cœur ; sensuelle et provocante, elle lui rappelait une cerise dénoyautée. À Salé, il avait longtemps regardé les femmes au souk El-Merzouk, et dans la rue : aucune n'avait des lèvres aussi voluptueuses.

En se remémorant cet heureux souvenir, Omar tendit, inconsciemment, une main et écarta les longues feuilles indolentes des roseaux, qui l'empêchaient d'admirer la cerise dénoyautée. Son geste s'avéra inutile, Zineb ayant changé de position entre-temps. À présent, elle était assise sur une pierre, au beau milieu de la rivière, le dos courbé, la tête baissée, les cheveux dans les yeux, les deux mains croisées sous le menton. Zineb avait l'air de penser. À quoi ? À qui ? Mystère. Les deux gamins continuaient de barboter dans le courant, quelques pas en aval, gais comme des pinsons.

À défaut des lèvres tant désirées, Omar se contenta d'apprécier le reste : une abondante chevelure noire, bouclée et ruisselante, un corps magistralement sculpté, souligné par le tissu trempé de la tunique en coton bleue, des contours harmonieux, un galbe élégant, une croupe aux lignes vertigineuses... Ce faisant, Omar sentait la température de son corps s'élever de seconde en seconde, son sang s'embraser dans ses veines, sa gorge se dessécher, sa respiration devenir de plus en plus courte. « Je cherche refuge auprès d'Allah contre Satan l'abominé !, invoqua-t-il à mi-voix, croyant être sous l'emprise de l'Adversaire Suprême. Je cherche refuge auprès d'Allah contre Satan l'abominé… ! » L'invocation n'ayant aucun effet sur son état, Omar tenta de se détourner : sa nuque lui désobéit, ses yeux aussi. Il se redressa alors avec l'intention de quitter carrément les lieux, fuir la terrible tentation : ses jambes refusèrent d'avancer, ses pieds semblaient cloués au sol. De guerre lasse, il se rassit. *À l'impossible, nul n'est tenu,* se dit-il dans un profond soupir de désespoir, renonçant ainsi définitivement à toute forme de résistance. *À l'impossible, nul n'est tenu.*

Le soleil ayant entamé sa descente vers l'horizon, Zineb et les deux enfants reprirent le chemin du village. Omar les suivit des yeux, l'air subjugué. Au premier tournant, ils disparurent complètement derrière une épaisse haie de lauriers roses. Omar ne bougea pourtant pas d'un iota, ses yeux restèrent fixés sur le bout du chemin, comme si la jolie Zineb allait, d'un moment à l'autre, revenir sur ses pas. Sa vaine attente dura longtemps, une vingtaine de minutes, peut-être davantage. Enfin, fatigué, il se laissa tomber en arrière et s'étendit dans la luzerne, bras et jambes écartés comme un coureur de demi-fond au bout d'une course éperdue.

44

Enfant, Zineb était une fillette comme une autre ; seule sa beauté naissante, déjà étonnamment prometteuse, et ses bons résultats à l'école la distinguaient des petites de son âge. Mais les résultats scolaires, si bons fussent-ils, n'avaient guère d'importance dans ces villages enclavés et lointains, l'école n'ayant jamais mené personne nulle part : les bons et les mauvais élèves la quittaient tous bredouilles, un jour ou l'autre ; à la fin du cycle primaire, dans les meilleurs des cas.

Zineb était la première élève du village à avoir poussé plus loin sa scolarité. Et la dernière jusqu'à ce jour.

Après avoir réussi haut la main l'examen régional du cours moyen 2, elle décida de s'inscrire au collège d'Asni, bourgade située à trente kilomètres en aval. Les villageois, hommes et femmes confondus, ne partageaient point son choix : pour eux, la fille en âge de susciter le désir ne devait quitter le domicile paternel que pour rejoindre celui de son mari, ou le cimetière, en cas de décès prématuré ; les autres raisons, toutes les autres raisons, étaient irrecevables.

Les parents de Zineb n'approuvaient pas non plus la décision de leur fille, mais ils se gardaient bien de s'y opposer ouvertement, de peur de la chagriner. Ce fut leur principal sujet de discussion durant tout l'été ; surtout le soir, à l'heure du thé servi sur la petite terrasse surplombant la vallée. Vers fin août, Zineb parvint enfin à les convaincre.

Les deux premières années au collège d'Asni se déroulèrent sans histoire, ni ombre au tableau. Zineb y avait la réputation d'une élève irréprochable : elle se comportait bien, travaillait sérieusement, obtenait de bons résultats aux examens, avec même, parfois, les compliments du conseil de classe. Les mauvaises langues de Tizi Ounddame n'y trouvèrent rien à redire.

Au début de la troisième année, un changement inopiné survint dans le comportement de Zineb, provoqué par la rencontre, toute aussi inopinée, avec une certaine Nadia Mellal, professeure de français fraîche émoulue.

Jeune, jolie, distinguée, émancipée, gentille, Nadia ne laissait personne indifférent au collège d'Asni, ni bien au-delà. Ses élèves étaient, dès les premiers contacts, littéralement subjugués, comme sous l'effet d'un puissant sortilège. Les garçons ne rêvaient que d'elle ; les filles l'imitaient en tout, aveuglément. Celles, majoritaires, qui portaient le voile, s'en débarrassaient l'une après l'autre, malgré les menaces à peine dissimulées de leur professeur d'éducation islamique et les insinuations assassines des autres, l'école marocaine étant, à quelques rares exceptions près, un repaire d'islamistes bornés et incultes.

Zineb ne tarda pas à emboîter le pas à ses camarades de classe : elle ôta le voile, troqua la longue jupe noire des filles réservées et prudes contre un blue-jean délavé et une chemise à manches courtes – un changement vestimentaire qui fit longuement jaser les gens du village. « Voilà ce qu'on leur apprend au collège d'Asni, disaient-ils, goguenards, à se vêtir comme des dévergondées ! »

Zineb ne prêtait aucune attention aux médisances des villageois ni à leurs insinuations calomnieuses. Son choix vestimentaire fait, elle avançait d'un pas sûr, le visage résolu, en fille qui sait parfaitement ce qu'elle fait et pourquoi elle le fait.

L'examen régional arrivé, Zineb décrocha la mention *Très Bien*, un exploit qui lui valut une généreuse récompense à la fête scolaire de fin d'année : un best-seller arabe titré *Guide de la musulmane modèle*, un exemplaire de *Sahih Al-Boukhari*, un manuel-miracle intitulé *Apprendre l'anglais en quinze jours* et une calculatrice *made in China*, le tout offert par le président de l'association des parents d'élèves, également président insubmersible de la commune d'Asni depuis quatre décennies, un politicien rusé et retors, qui changeait de parti comme il changeait de djellaba.

Pour pouvoir continuer sa scolarité, Zineb devrait désormais intégrer le lycée de Tahennaoute, petite ville située encore plus loin en aval. C'est le principal obstacle auquel se heurtent les élèves des villages reculés : plus ils veulent poursuivre leurs études, plus loin ils doivent partir.

Un problème de taille se posa d'emblée aux parents de Zineb : trouver une famille d'accueil à Tahennaoute. En réfléchissant à une solution, Brick, le père, se souvint de Hmida Agafay, un ancien de Tizi Ounddame qui s'était installé à Tahennaoute depuis une dizaine d'années. Agafay était un homme gentil et serviable ; il offrirait de bon cœur le vivre et le couvert à Zineb jusqu'à la fin de sa scolarité.

Alors qu'il s'apprêtait à annoncer la bonne nouvelle à sa fille, Brick se souvint soudain d'un détail important : Agafay avait trois garçons, tous célibataires et sans travail ; placer une jolie fille comme Zineb dans une maison où il y avait tant de gaillards désœuvrés et oisifs revenait à introduire un agneau dans un repaire de loups affamés. Brick écarta le plan Agafay, trop risqué. Zineb lui proposa de prendre une location. Brick se renseigna. On lui apprit que le loyer à Tahennaoute était hors de prix : une bicoque de la taille d'un mouchoir de poche y coûtait entre huit cents et mille dirhams le mois, sans compter les factures d'eau et d'électricité. Effaré par le montant, le père jeta l'éponge ; la fille fit de même. À l'impossible, nul n'est tenu.

45

Il est des images de femmes qui hantent l'imaginaire des hommes pendant des années ; celle de Zineb émergeant de la rivière, élancée et ruisselante, poursuivrait Omar jusqu'au tout dernier de ses jours sous la voûte céleste. L'image de son corps de rêve moulé dans la tunique en coton bleue et celle du vallonnement vertigineux de sa croupe tournaient en boucle dans son esprit. Il avait beau essayer de les chasser, rien n'y faisait. « Allah, Clément et Miséricordieux, priait-il parfois, aide-moi à affranchir mon esprit de cette implacable obsession ! Je n'en peux plus ! »

Le ciel étant demeuré sourd à ses prières, Omar se retourna vers la terre, avec l'espoir d'y trouver conseil auprès de ses proches et amis. Il les passa en revue, l'un après l'autre, à la recherche de quelqu'un parmi eux qui soit à la fois digne de confiance et capable de lui donner un conseil judicieux. Un nom, un seul, s'imposa à lui : *Abou* Merouane. Il hésita néanmoins à l'appeler, gêné à l'idée de lui confier un problème si intime et ô combien délicat ! Son hésitation dura sept jours ; le huitième, n'en pouvant plus, il prit son courage à deux mains et le chemin de *La cabine*, au sommet du mont Ndern, décidé enfin à appeler son mentor.

Sur le chemin, le doute le gagna de nouveau, mais aussi la peur qu'*Abou* Merouane réagisse mal à sa demande. Il rebroussa chemin. À une encablure du village, la petite voix du muezzin retentit dans la poche de sa *gandoura* :

« *Allahou akbar ! Allahou akbar... !* » Omar retira à la hâte l'appareil, jeta un coup d'œil sur l'écran : c'était *Abou* Merouane. *Quand on parle du loup...*, se dit-il à part lui, laissant la locution en suspens.

« Je sens que quelque chose ne va pas bien, lui dit *Abou* Merouane après les salamalecs d'usage. Es-tu souffrant, Omar ?

— Non, *sidi.*

— Qu'est-ce que tu as, donc ?

— Un problème, *sidi.*

— *Un* problème, dis-tu ?, répéta *Abou* Merouane en appuyant sur l'article indéfini.

— Oui, *sidi.*

— Rends grâces à Allah, le Maître de l'univers ! »

Omar se tut un moment, stupéfait par la réaction de son mentor.

« Puis-je savoir pourquoi, *sidi* ?

— Parce que tu n'as qu'*un* problème ; j'en connais dans cette ville qui en ont deux, trois, quatre, voire cinq, de problèmes, en même temps, sans que cela les empêche de vivre.

— Personnellement, je n'en ai qu'un, *sidi.* Allah merci. Mais assez coriace pour me gâcher la vie.

— Puis-je savoir quel est ton problème, Omar ?

— Je suis très gêné de vous en parler, *sidi.*

— Tu ne devrais pas, Omar !

— ...

— Parle ! Je t'écoute.

— Je ne sais par où commencer, *sidi*...

— Par le commencement ; c'est plus simple.

— Il y a quelques jours, *sidi*, j'ai eu... Comment dirais-je ? Il y a quelques jours, j'ai eu le malheur de... J'ai eu le malheur d'apercevoir une euh... une jeune euh... une jeune femme du village en train d'euh... en train de se baigner dans un cours d'eau...

— À poil ?

— Non, *sidi*. Mais c'était tout comme.

— Je n'ai pas compris.

— Elle portait une longue tunique en coton bleue qui lui collait au corps comme une seconde peau.

— Là, je vois. Continue, Omar !

— Depuis… Depuis, son image… Comment dirais-je, *sidi* ? Depuis, son image hante mon esprit, sans répit. J'y pense le jour, en rêve la nuit, une terrible obsession, un supplice insoutenable, à ne pas souhaiter même à son pire ennemi.

— Le Saint Livre et le hadith ont prévu un remède efficace à chaque mal. Pour guérir du tien actuel, l'ultime messager, prière et salut sur lui, recommande, dans un hadith certifié, de jeûner trois jours de suite. J'ai, moi-même, appliqué la recommandation dans ma jeunesse, et même bien plus tard, Amour étant un mal qui peut survenir à tout âge, et sans crier gare, dans la vie d'un homme, peut-être aussi dans celle d'une femme. À chaque fois, l'effet était immédiat et salutaire.

— Je vais m'y mettre dès demain, *sidi*.

— Tu verras : au terme du troisième jour de jeûne, tu retrouveras la paix du cœur et de l'esprit. »

Omar jeûna trois jours de suite : pas la moindre amélioration de son état. Il en jeûna trois autres, pour être sûr : en vain. Il rappela *Abou* Merouane.

« Marie-toi, Omar !, lui recommanda celui-ci après un silence. “*Aux grands maux, les grands remèdes*.”

— Est-ce aussi un hadith, *sidi* ?

— Non, c'est un simple proverbe ; mais rien ne t'empêche de le citer comme tel, le cas échéant. »

46

Le mariage étant une affaire de très haute importance, où il va d'être heureux ou malheureux sa vie durant, Omar décida de réfléchir au sien à tête reposée avant de fixer son choix une fois pour toutes. Il ne faut surtout pas se précipiter dans pareille situation ; *la précipitation est de Satan*, dixit l'adage ; *la lenteur, de Dieu.*

Un après-midi, Omar se retira dans une grotte située sur le flanc ouest du mont Aghbal, nommée la grotte du Lion. Elle était, dit-on, le repaire du dernier lion de l'Atlas, avant qu'il ne fût tué, en 1942, par Jean-Baptiste Lefumier, un chasseur français qui n'avait jamais aussi bien porté son nom. *Quelle fille du village serait une bonne épouse pour moi ?*, se demanda Omar.

Tizi Ounddame comptait une vingtaine de filles nubiles ; vingt-quatre, plus exactement. Omar les passa en revue, l'une après l'autre, les qualités et les défauts, l'essentiel et le détail. Au terme de l'opération, il en élimina seize, pour des raisons diverses : elles n'étaient pas assez jolies, ou pas assez plantureuses, ou les deux à la fois ; trois parmi elles avaient déjà leurs histoires d'amour avec des garçons du village ; une autre aurait la cuisse légère ; une autre encore serait, à en croire les potins, plus portée sur les femmes que sur les hommes...

Omar soumit les huit finalistes à un examen minutieux, de la tête aux pieds, en faisant un focus sur les trois parties dans l'anatomie d'une femme qui suscitent l'intérêt des mâles du pays : les fesses, le postérieur et l'arrière-train. Il fouilla ensuite un peu dans leur passé, considéra leurs familles respectives, pesa le pour et le contre… Une seule s'imposa finalement à Omar, comme une évidence : Zineb Ayour.

Zineb n'avait qu'un défaut, un seul, mais rédhibitoire : elle était une fille trop émancipée pour devenir l'épouse d'un religieux intégriste, ni même d'un religieux modéré. *Juste Ciel !*, fulmina intérieurement Omar, furieux contre lui-même, ou plutôt contre son cœur. *Que m'arrive-t-il ? Est-il possible que moi, bon et pieux musulman, chargé d'accomplir une mission, sacrée qui plus est, je prenne pour épouse une dévergondée qui se balade partout en blue-jean serré et maillot de corps collant, les bras nus et les cheveux à l'air ? Ne serait-ce pas me tirer une balle dans le pied ?*

Omar quitta la grotte du Lion, dépité et amer. Une douce brise vint à sa rencontre, lui caressa la figure comme pour le consoler. Du village, remonta la voix du muezzin appelant à la prière d'*al-âsr*, vibrante de décibels : « *Allahou akbar ! Allahou akbar… !* » Omar enleva ses claquettes et s'abîma dans la prière, à même le sol poussiéreux, le visage en direction de La Mecque. *Il n'y a pas mieux*, pensa-t-il, *pour affranchir mon esprit de cette terrible obsession qui me gâche la vie.*

À la troisième prosternation, l'image de Zineb émergeant du courant, vêtue de sa tunique affriolante, lui revint à l'esprit, pétillante et fraîche ; il eut l'impression de revivre l'irrésistible scène de la baignade dans la rivière. Un trouble intense s'empara de lui, la température de son corps monta d'un cran, les battements de son cœur prirent un rythme effréné, quelque chose remua sous son saroual bouffant... Il se décida néanmoins à poursuivre sa prière, se rendit aussitôt compte qu'il ne savait plus où il en était. « Je cherche refuge auprès d'Allah contre Satan le lapidé !, murmura-t-il, certain qu'il était sous l'emprise de l'Adversaire Suprême. Je cherche refuge auprès d'Allah contre Satan le lapidé… ! »

Le trouble du malheureux Omar n'en devint que plus intense. Il interrompit sa prière et alla s'asseoir sur une pierre, le dos contre le tronc noueux d'un genévrier, la tête baissée, les bras croisés, appuyés sur les genoux, triste comme un menhir. Un chevreau en détresse criait dans le sous-bois voisin ; ses cris avaient des intonations curieusement humaines. Sans doute s'était-il égaré, le pauvre cabri. Omar l'écouta un moment, distraitement, puis il l'oublia et s'abîma de nouveau dans sa sombre réflexion.

« On dirait que tu portes sur ton dos les soucis de l'humanité entière ! » lui dit une voix qui ne lui était pas inconnue. Omar releva la tête : c'était *dda* Bourrhim Aouchtar, le vieil herboriste de Tamassite, un village situé à une demi-lieue en aval de Tizi Ounddame. Petit de taille, maigre et sec comme un chicot, *dda* Bourrhim, la septantaine passée, avait encore bon pied bon œil. Toute l'année, il sillonnait les montagnes du pays à la recherche d'herbes médicinales, qu'il vendait à ses nombreux clients un peu partout dans la région.

« Qu'est-ce que tu as à broyer du noir, comme ça, jeune homme ?, enchaîna-t-il sur un ton paterne.

— Je ne t'apprends rien, *dda* Bourrhim, répondit Omar, mais la vie te met parfois dans des situations où tu dois te battre contre toi-même.

— Sache pour ta gouverne, jeune homme, que tout combat mené contre soi-même est un combat perdu d'avance.

— Que faut-il faire alors, *dda* Bourrhim ?

— La paix avec toi-même. Si tu fais la paix avec toi-même, aucun mal ici-bas ne pourra jamais t'atteindre.

— Voilà une parole qui vaut son pesant d'or ! N'est-ce pas un hadith, *dda* Bourrhim ?

— Non, jeune homme, c'est une vieille sagesse berbère. »

Ces mots dits, *dda* Bourrhim changea son sac d'épaule puis reprit son chemin.

Il a raison, l'herboriste, se dit Omar, l'air soulagé d'un homme qui trouve enfin le mot d'une énigme longtemps restée insoluble. *Il a sûrement raison, l'herboriste.*

Omar fit ainsi la paix avec lui-même, suivant en cela le judicieux conseil du vieil herboriste : « Si le Très-Haut veut que j'épouse Zineb, admit-il, résigné, je ne m'opposerai pas à Sa volonté. »

47

Le soir venu, une question, ô combien embarrassante !, se posa à Omar : comment justifierait-il au village le fait que lui, musulman intégriste, ait jeté son dévolu sur Zineb Ayour, une fille émancipée et moderne ? Les villageois ne manqueraient pas de relever là une flagrante contradiction entre ses paroles et ses actes. Ils diraient sûrement que son choix n'était, au fond, motivé que par l'appétissante anatomie de Zineb et son joli minois. *Non*, en conclut Omar, *il me faut un argument irréfutable, une justification qui puisse clouer le bec à mes détracteurs et autres mauvaises langues du village.* En y réfléchissant, Omar se souvint d'un conseil judicieux que Dehmane, son voisin au souk de Salé et ancien de la Mouvance, lui avait donné un jour : « Si tu veux faire gober n'importe quel bobard à un musulman, enrobe-le soigneusement d'une parole sacrée, un verset ou un hadith, il passera comme une lettre à la poste. »

Alors qu'Omar cherchait justement un verset ou un hadith pour justifier son choix, les paroles d'un *cheikh* de la Mouvance lui revinrent en mémoire : « Les grands chefs de guerre musulmans épousaient régulièrement les femmes ramenées comme butin de guerre des contrées conquises, après les avoir converties à l'islam, faisant ainsi d'une pierre deux coups : un nouveau plaisir charnel dans leur couche et une bonne action qui sera comptabilisée pour le Jour de la Rétribution. »

Eh bien, se dit Omar, *j'agirai de la même façon que ces valeureux guerriers musulmans : j'épouserai Zineb Ayour pour la ramener sur le droit chemin !*

Content de sa trouvaille, Omar s'endormit, soulagé d'avoir enfin conçu, pour son choix de vie, un enrobage difficilement contestable.

48

L'un des moments les plus embarrassants dans la vie d'un jeune Marocain est, sans nul doute, celui où il doit annoncer à ses parents qu'il souhaite se marier. Le mariage est un acte tout à fait naturel, certes, vivement recommandé par la *charia*, qui plus est ; mais la première idée que le mot éveille dans les esprits est d'abord celle d'une union sexuelle entre un homme et une femme. « *Je veux me marier* » – cette phrase, anodine et inoffensive en apparence, signifie, dans une langue sans détour ni fioriture, « *Je veux une femme pour baiser* ». Toutes les autres façons d'exprimer cette volonté ne sont que des euphémismes plus ou moins ingénieux. Il n'est pas étonnant qu'en arabe, l'acte de mariage se dise *âkd annikah*, littéralement, acte de baise.

Pour s'épargner une telle gêne, les jeunes hommes confient la délicate tâche à un proche avec lequel ils se sentent plus à l'aise : une grand-mère, un oncle, une tante, un cousin, une cousine, un ami ou une amie des parents, etc.

N'ayant guère d'intimité avec ses deux tantes du village, encore moins avec son oncle, Omar ne pouvait recourir à l'intermédiaire familial pour transmettre son souhait de prendre femme à *dda* Houça, son père. Il chercha une autre solution, n'en trouva pas. Il chercha encore longtemps, dans toutes les directions : en vain.

Acculé, Omar se résolut finalement à l'idée qu'il n'avait d'autre choix que celui d'informer lui-même son père.

La démarche s'annonçait particulièrement gênante. Mais que faire ? Il est des moments comme ça, dans la vie d'un homme, où il doit se faire violence pour pouvoir affronter certaines situations. Omar prit haleine et son courage à deux mains. *C'est l'affaire de quelques minutes*, se dit-il intérieurement pour se donner du courage. Il se présenta devant *dda* Houça, son père, gêné et confus, mais déterminé.

« Papa, lui dit-il, la tête baissée, les yeux fixant la pointe de ses sandales, je voudrais me marier.

— Te marier ?, hoqueta *dda* Houça, pris de court.

— Oui, papa.

— C'est... C'est... Comment dirais-je ? C'est ton droit le plus élémentaire, Omar.

— Merci, papa. »

S'ensuivit un silence, long, lourd, embarrassant. Le père essayait de se redonner une contenance ; le fils continuait de s'intéresser à la pointe de ses sandales.

« Dis-moi, Omar !, reprit enfin *dda* Houça.

— Oui, papa.

— Tu as trouvé la fille avec laquelle tu souhaites faire ta vie ?

— Oui, papa.

— Tu t'entends bien avec elle ?

— Je m'entends bien avec elle ?, fit Omar, dubitatif. Il est encore trop tôt pour le dire, papa.

— Tu lui as parlé, au moins ?

— À qui ?

— À la fille, voyons !

— Non, papa. Je ne souhaite pas lui parler.

— Pourquoi ?

— Ce serait un acte contraire à la tradition musulmane. »

Dda Houça écarquilla les yeux, stupéfait.

« Si je comprends bien, reprit-il, tu as décidé de te marier à une fille sans lui avoir demandé son avis sur le sujet ?

— Oui, c'est cela, papa. »

Dda Houça se gratta l'occiput, un sourcil haut, l'autre à ras la paupière.

« Qu'est-ce que tu as, papa ?, lui demanda Omar.

— Pour une curieuse démarche, répondit *dda* Houça, c'est une curieuse démarche !

— Pourquoi dis-tu ça, papa ?

— Même de mon temps, ça ne se faisait pas de cette façon.

— Il faut que tu saches, papa, que je tiens à conclure mon mariage selon les recommandations de la *sunna*, pas selon les mœurs corrompues en vigueur. »

Une pâleur mate balaya brusquement le visage de *dda* Houça, son front se ravina de deux rides profondes, ses sourcils froncèrent, son regard durcit.

« Parce que tes parents, tes grands-parents et tes arrière-grands-parents se sont mariés selon des mœurs corrompues ? », demanda-t-il, la voix hachée par une colère contenue avec peine.

Omar prit brusquement conscience de sa bourde. Il se hâta de la réparer, gêné et confus :

« Excuse-moi, papa ! Je... Je me suis mal exprimé. Mon idée... Mon idée était que... Mon idée était que je souhaite faire un mariage dans le strict respect de la tradition musulmane. Voilà ce que je voulais dire, papa ; rien de plus.

— Cela ne t'empêche pas de parler à la fille avant, ne serait-ce que pour vous connaître un peu plus.

— J'aurai toute la vie pour lui parler, papa.

— Voilà une étrange façon de faire.

— C'est pourtant celle recommandée par la *sunna*, papa.

— En es-tu sûr, Omar ?

— J'en suis certain, papa. »

Dda Houça se tut de nouveau, pas vraiment convaincu. *De deux choses l'une*, pensa-t-il. *Ou ce garçon déconne, ou c'est la sunna qui*… Il s'abstint de terminer sa pensée pour ne pas blasphémer contre la parole du prophète.

« Que puis-je pour toi dans cette affaire, Omar ?, demanda-t-il pour mettre fin à la hasardeuse digression.

— Je voudrais que tu ailles demander la main de la fille à son père.

— Ce sera fait.

— Puis-je savoir quand, papa ?

— Dès que possible.

— C'est-à-dire, papa ? » *Dda* Houça se gratta de nouveau l'occiput.

« Demain soir », dit-il après un moment de réflexion. Omar se cassa en deux, baisa la main de son père, à deux reprises, puis son épaule. Au moment où ils allaient se séparer, *dda* Houça se souvint qu'il ne connaissait pas encore la fille.

« Oups !, dit-il et se tapant le front avec la paume de sa main droite. J'ai oublié l'essentiel.

— Quoi, papa ?

— Qui est cette fille que tu souhaites épouser ?

— Zineb.

— Zineb ? Je ne vois pas qui c'est.

— La fille de Brick.

— La fille de Brick ?

— Oui.

— Tu parles de Brick l'épicier ?

— Oui, papa. »

Dda Houça écarquilla ses yeux tout ronds, interloqué.

« Qu'est-ce qu'il y a, papa ?

— Il y a que… Il y a que… Comment dirais-je la chose ? Il y a que la fille de Brick et toi, ça fait deux.

— C'est-à-dire, papa ?

— C'est-à-dire que vous êtes différents, la fille de Brick et toi. Aussi différents que le jour et la nuit. »

Comme Omar semblait ne pas avoir compris, *dda* Houça décida d'être plus explicite :

« La fille de Brick est… La fille de Brick est trop moderne, trop libre pour toi, Omar. Tu sais… elle a fréquenté le collège d'Asni pendant des années… Depuis, elle se prend pour une Européenne... Tu as vu comment elle s'habille ? Toujours en pantalon serré, les bras dénudés, les cheveux à l'air comme une touriste occidentale.

— J'ai dans l'idée de la changer, papa, et faire ainsi d'une pierre deux coups : un mariage et une bonne action, que le Très-Haut ne manquera pas de comptabiliser pour le Jour de la Rétribution.

— Que veux-tu dire par *la changer*, Omar ?

— La remettre sur le droit chemin, celui qui nous a été tracé par Allah, le Maître de l'univers, et Son ultime messager, prière et salut sur lui.

— Pourquoi pas ?, répondit *dda* Houça, dubitatif. Seulement voilà… Seulement voilà, il ne faut pas vendre la peau de l'ours avant de l'avoir tué.

— Qu'est-ce que tu veux dire, papa ? Je n'ai pas compris.

— Avant de penser à changer la fille, comme tu dis, assure-toi d'abord qu'elle a accepté ta demande en mariage.

— L'avis de la fille ne compte pas, papa.

— Ah bon ?

— Pour moi, seul compte l'avis de son père.

— Mais c'est la fille que tu souhaites épouser, Omar, pas son père ! »

Omar baissa soudain les yeux, gêné. *Dda* Houça hocha la tête de gauche à droite et de droite à gauche, à petits coups, sidéré.

« Je me demande, ajouta-t-il avec une soudaine irritation, où es-tu allé chercher une idée si étrangère au bon sens ?

— Dans la tradition islamique, papa.

— La tradition islamique ?

— Oui, papa.

— En es-tu sûr ?

— Aussi sûr que tu me vois, papa. »

Dda Houça se tut de nouveau, déconcerté. Il ne comprenait pas que la tradition islamique, dont les imams vantaient continuellement la sagesse et la pertinence, recommandât aux musulmans une conduite si insensée. Après une courte réflexion, il se dit qu'il y avait peut-être là une explication qui lui échappait.

« J'espère, dit-il, que Brick acceptera notre demande.

— Il acceptera, répondit Omar, confiant. Il acceptera sans l'ombre d'un doute.

— Comment le sais-tu ?

— Depuis qu'ils ont découvert l'étendue de mon savoir religieux, tous les villageois sont en totale admiration devant moi…

— Pas tous, Omar, l'interrompit *dda* Houça. Certains ne partagent pas du tout ta conception de l'islam.

— Ils ne sont qu'une infime minorité, ceux-là. Trois ou quatre. Et maintenant que j'y pense, peut-être cinq.

— Brick Ayour, justement, fait partie de ceux-là.

— Ne t'en fais pas, papa ! Je le ramènerai bientôt sur le droit chemin. J'y ramènerai aussi les autres débineurs.

— J'ai le pressentiment que ça va être difficile.

— Rien n'est difficile à ceux qui ont Allah de leur côté », cita Omar d'une voix grave.

Dda Houça haussa le sourcil, une moue incrédule sur la figure.

« Qu'est-ce que tu as, papa ?

— Je trouve que tu es trop optimiste, Omar.

— Je suis surtout déterminé, papa.

— Bon vent, alors ! »

Omar baisa de nouveau la main de son père, puis son épaule. Le jeune homme semblait sur un petit nuage, les étoiles à portée de main. Il frémissait d'aise, tremblait d'émotion, jubilait à l'idée de monter bientôt la ravissante Zineb et de disposer à souhait de ses formes de rêve. Des palpitations lui faisaient frissonner le corps, de la pointe des cheveux à la plante des pieds. Il ferma les yeux comme pour mieux en savourer le plaisir. Des images se remirent à défiler dans son esprit : il revoyait Zineb surgir du courant, gracieuse et aérienne, le corps voluptueusement moulé dans la tunique en coton bleue. Il revoyait ses boucles abondantes, ruisselantes, retombant en flots sur ses épaules, ses grands yeux magnifiques, sa bouche en forme de cerise dénoyautée... *Patience, patience, Omar !*, se dit-il. *Zineb, ce chef-d'œuvre de la création, sera bientôt pour toi. Pour toi seul, pour toi le jour, pour toi la nuit, pour toi à vie. Dans quelques semaines, quelques mois, tout au plus, tu seras heureux comme un souverain arabe le jour de son intronisation !*

49

Le lendemain, à la nuit tombée, *dda* Houça enfila sa djellaba des grandes occasions et se rendit chez Brick, un cabas en doum, contenant cinq pains de sucre, pendu au poing. Les bonnes convenances recommandent de ne pas faire cette première démarche les mains vides, bien que l'issue en soit incertaine à ce stade. Si la demande est refusée, ce qui est parfois le cas, le sucre est discrètement renvoyé au prétendant et le refus de la demande en mariage ainsi entériné. Dans le cas contraire, les parents de la fille renvoient, le lendemain soir, le panier avec du lait frais et une boîte de dattes de bonne qualité, preuve que la demande en mariage est acceptée et qu'il faut désormais passer à l'étape suivante, à savoir la préparation de *tangguifte**.

L'accueil réservé à *dda* Houça fut aussi chaleureux que convivial, l'hospitalité amazighe oblige. Après le dîner et le thé à la menthe qui s'ensuit de rigueur, *dda* Houça exposa à Brick Ayour, son hôte, la raison de sa visite.

« Si ça ne tenait qu'à moi, répondit celui-ci, je te donnerais mon accord tout de suite et de gaîté de cœur ; mais là, il s'agit de l'avenir de ma fille, c'est, par conséquent, à elle, et à elle seule, de décider avec quel homme elle souhaite le partager. »

Ces mots dits, Brick appela sa fille. Elle vint sans tarder, habillée d'un survêtement de sport bleu marine épousant parfaitement les courbes vertigineuses de son corps, les cheveux ramenés sur l'épaule droite, les yeux magnifiques, le regard irrésistible. *Dda* Houça déglutit, sa pomme d'Adam remua dans son cou pelé comme un piston dans un cylindre mal huilé. Brick mit brièvement sa fille au courant de la demande en mariage.

« Je suis désolée, papa, répondit tout de suite Zineb. Omar est un garçon sympathique, mais il n'est pas du tout le genre d'homme avec qui je souhaite faire ma vie.

— Que lui reproches-tu, Zineb ?, intervint *dda* Houça.

— Omar est très religieux. Un peu trop, même, à mon goût.

— Est-ce un défaut d'être très religieux ?

— Plus qu'un défaut, *dda* Houça, c'est un danger.

— Un danger ? Pour qui ?

— Pour les autres ; les femmes, surtout : les intégristes comme Omar projettent de les enfermer et de les priver du peu de liberté qu'elles ont encore dans ce pays. Personnellement, je tiens à ma liberté plus que tout au…

— Merci, ma fille, l'interrompit Brick. Tu peux disposer. »

Zineb se retira. *Dda* Houça posa sur la table son verre de thé à peine entamé et se redressa, piqué au vif.

« Brick !, dit-il.

— Oui, *dda* Houça ?

— Arrange-toi pour marier ta fille à un Européen.

— Pourquoi dis-tu ça, *dda* Houça ?

— Il n'y a qu'un Européen qui puisse tolérer tant de désinvolture chez une femme. »

Dda Houça glissa les pieds dans ses babouches et fila vers la sortie.

50

Omar courut à la rencontre de son père au seuil de la maison.

« Ç'a été, papa ?, lui demanda-t-il.

— Non, Omar ; la fille de Brick a refusé *notre* demande. »

Une pâleur de cadavre submergea le visage d'Omar, s'étendit jusqu'aux lobes de ses oreilles, puis jusqu'à son cou ; ses jambes flageolèrent ; son cœur manqua de flancher. Il tendit le bras droit en catastrophe et s'agrippa de tous ses doigts au chambranle de la porte, comme pour éviter une chute impromptue.

« Pourquoi ?, demanda-t-il après avoir recouvré un peu de sa contenance. Qu'est-ce qu'elle me reproche ?

— D'être très religieux.

— Est-ce un défaut d'être très religieux ?

— À ses dires, c'est même un danger.

— Un danger ?

— Oui.

— Un danger pour qui ?

— Pour elle, pour ses semblables de par le pays...

— Je n'ai pas compris.

— Elle prétend que les intégristes musulmans projettent d'enfermer les femmes du pays et de les priver de leur liberté. »

Le rêve d'Omar s'effondra comme un château de sable. Une nuit opaque tomba brusquement sur lui et autour de lui. Il baissa la tête, ferma les paupières, les traits crispés ;

on eût dit un moribond qui s'apprête à rendre son dernier soupir. *Dda* Houça s'approcha de lui, ému et bouleversé. Il voulait lui parler, le réconforter, lui redonner de l'espoir, mais les mots lui manquèrent, la voix aussi. Il n'y a rien de plus intolérable pour un père que de voir son enfant accablé de chagrin sans pouvoir rien faire pour lui.

Face à l'urgence de la situation, *dda* Houça plongea au fond de lui à la recherche de quelque chose qui pourrait apporter du réconfort à son fils : un geste, un mot, une parole, n'importe quoi... Il en remonta, une minute plus tard, avec un lieu commun, une platitude de circonstance, mais qui avait le mérite de débloquer en lui et la voix et la parole.

« Écoute, Omar !, dit-il.

— Je t'écoute, papa.

— C'est un mal pour un bien. On croit parfois qu'un incident survenu dans notre vie est un malheur, une catastrophe pour nous, parce que contraire à nos souhaits, alors qu'au fond, c'est une délivrance, un salut de Dieu. J'ai le sentiment que c'est le cas de ce refus : il se présente sous l'apparence d'une déconvenue ou d'un échec ; au fond, c'est une assistance du Très-Haut, un secours céleste pour te permettre de couper à quelque malheur, Dieu sait lequel... Tous les villageois, hommes et femmes, jeunes et vieux, te le diront : la fille de Brick n'est pas faite pour toi, Omar, ni pour aucun homme digne de ce nom. Au pays, elle a la réputation d'une femme activement séductrice, une croqueuse d'hommes, pour dire les choses sans détour. Les gens du village parlent d'un chauffeur de taxi à Imlil, un fonctionnaire de la commune d'Asni, un gérant de maison d'hôtes à Aremd, un gendarme, un surveillant général, un infirmier, un agent des Forces auxiliaires, un commerçant ayant pignon sur rue à Asni… Moi-même je n'ai jamais rien vu ; mais les autres ont vu, et ont parlé. L'un d'eux l'aurait même surprise dans les bras d'un guide de montagne français...

Non, Omar, la fille de Brick n'est pas faite pour toi, ni pour aucun homme qui se respecte. D'ailleurs, jamais personne ne l'a demandée en mariage ; à part peut-être ce prince d'Arabie déguisé en paysan – une histoire à dormir debout que ses parents racontent au village… À mon avis, tu ferais mieux de tourner la page, de passer à autre chose. Il y a toujours un deuxième amour après le premier. Les filles en âge de contracter mariage ne manquent pas à Tizi Ounddame. Il y en a aussi partout dans les villages voisins. Choisis-en une qui ait bonne réputation ; je ferai le nécessaire.

— Merci, papa, répondit Omar d'une voix fatiguée.

— Mais de rien, Omar ; c'est mon devoir de père.

— Puis-je te faire une ultime demande, papa ?

— Oui, oui. Bien sûr.

— Voudrais-tu choisir pour moi ?

— Choisir pour toi ?

— Oui, papa. Comme dans le passé.

— Quel passé, Omar ? Chez nous, les Berbères, c'est toujours le garçon qui choisit sa future épouse ; le rôle des parents se limite à entériner son choix une fois exprimé. C'est comme ça depuis que le monde est monde.

— Excuse-moi, papa, mais je n'ai plus le cœur à chercher.

— Dans ce cas, répondit *dda* Houça après un silence, je verrai ce que je pourrai faire pour toi, Omar. C'est une mission délicate que celle-ci. J'espère ne pas te décevoir.

— Ton choix sera le mien, papa. »

51

Dda Houça eut une mauvaise nuit, de bout en bout, infecte. Le lendemain matin, à l'heure du petit déjeuner, il chargea Hafida, sa femme, de dénicher l'épouse idéale pour son fils.

« Je t'accorde deux semaines, lui dit-il.

— Ce n'est pas assez pour mener à bien une telle mission, répondit Hafida.

— Je le sais ; mais nous devons faire vite, très vite ; Omar est au bord de la dépression nerveuse.

— Je vais faire de mon mieux.

— Tâche de lui trouver une femme, euh… Comment dirais-je ? Une femme, euh…

— Bien faite, lui lança Hafida, un sourire complice sur le visage.

— Voilà, tu as compris. »

Hafida se mit aussitôt à l'ouvrage. Elle prospecta six jours durant aux quatre coins de Tizi Ounddame ; le septième, elle repéra enfin la perle rare : Zehra Belâid, une fille moins jolie que Zineb Ayour, certes, mais plus jeune et, surtout, mieux lotie en chair et aux bons endroits.

Malgré le manque de temps et la pression croissante de *dda* Houça, Hafida ne voulait pas arrêter son choix avant « l'épreuve du hammam public », indispensable pour s'assurer que la fille n'avait pas un ou plusieurs de ces défauts physiques que les caftans, *gandouras* et autres djellabas dissimulent si bien : cellulite, bourrelets, vergetures, affaissement des seins, relâchement des muscles fessiers et bien d'autres misères féminines. Toute mère soucieuse de trouver l'épouse parfaite pour son fils ne peut faire l'économie de « l'épreuve du hammam public ». Dans cet espace où nudité rime avec promiscuité, il est pratiquement impossible à la femme de dissimuler aux regards ses défauts physiques, même les plus insignifiants. Hafida avait déjà vu, à maintes reprises, Zehra Belâid au hammam public, mais leur dernière rencontre remontait à quatre ou cinq mois. Le corps d'une femme est un territoire vulnérable, très sensible aux assauts de la vie ; en quelques mois, des changements, pas toujours heureux, peuvent survenir : des défauts peuvent apparaître sans crier gare, ceux déjà existants peuvent s'aggraver, jusqu'à devenir rédhibitoires dans certains cas. On a vu souvent de très jolies femmes se faner en quelques mois, voire en quelques semaines, suite à un revers de fortune : un divorce, une trahison, un échec, une déception… C'est une chose extrêmement fragile que la femme, et facile à briser.

Non, se dit Hafida, scrupuleuse et vigilante, *il est plus prudent de ma part de revoir Zehra Belâid au hammam avant d'arrêter mon choix.*

Sans plus attendre, elle alla voir *lla* Yamna Tibibte, la tenancière des lieux, une petite vieille toute ridée, avec une énorme bosse de bison sur l'épaule gauche, un Parkinson naissant et des raideurs douloureuses aux articulations. *Lla* Yamna était assise dans sa guérite de fortune à l'entrée du hammam, fidèle au poste depuis des siècles.

« *Lla* Yamna, lui dit Hafida après les salamalecs d'usage. J'ai besoin d'un coup de main.

— Que puis-je pour toi, ma belle ?, demanda la vieille femme en se redressant avec une souplesse méritoire pour son âge.

— Je voudrais que tu me rendes un petit service. Tu auras une bonne commission en retour, bien entendu.

— Je te le rendrai même sans commission, ma belle », répondit *lla* Yamna, l'air tout à fait sincère dans son mensonge.

Hafida se pencha vers elle, lui chuchota quelques mots dans l'oreille droite, l'autre étant dure depuis toujours. Ce faisant, elle lui glissa dans la main un petit bakchich en guise d'avance : deux pièces de cinq dirhams.

« Tu auras le reste après.

— C'est sans souci, ma belle. Un message codé te parviendra le moment venu. »

Quelques jours plus tard, Bassou, le chauffeur du hammam, un gringalet déshydraté, avec une tête de chat-huant, toqua à la porte des Boutillas. Hafida ouvrit, une paire de cardes à main pendue au poing gauche.

« J'ai un curieux message pour toi, *lla* Hafida.

— De la part de qui ?

— *Lla* Yamna Tibibte.

— Vas-y, je t'écoute.

— L'astre tant attendu se lève enfin. »

Hafida tira de son corsage quelques dirhams, trois ou quatre, et les tendit au messager.

« Tiens, Bassou ! »

Il s'en saisit vite, mais ne bougea pas d'un iota.

« Bassou !

— Oui, *lla* Hafida.

— Qu'est-ce que tu attends ?

— Euh…

— Tu as quelque chose d'autre à me dire ?

— J'ai une petite question, *lla* Hafida, répondit Bassou en se grattant sous l'oreille, l'œil espiègle. Si tu permets, j'aimerais bien te la poser.

— Vas-y, c'est permis.

— Que veut dire cette curieuse formule de *lla* Yamna Tibibte ? J'ai beau chercher à la démêler sur le chemin, je n'y suis pas arrivé.

— Tu veux vraiment le savoir ?

— Et comment, *lla* Hafida ! J'en frémis d'aise.

— À ce point ?

— Et plus encore, *lla* Hafida !

— Alors, écoute-moi !

— Je suis tout ouïe, *lla* Hafida.

— La formule veut dire : mêle-toi de tes oignons ! » dit la bonne femme, martelant les syllabes avec une colère subite.

Bassou recula d'un pas, effrayé, le bras droit levé au niveau du visage en prévision d'une gifle.

« C'est clair ?

— Oui.

— Alors mets les voiles, ou je te... ! »

Hafida leva légèrement sa paire de cardes, menaçante. Bassou fit un bond en arrière, effrayé, puis s'en alla, grommelant des paroles indistinctes.

52

Hafida saisit un sac, y fourra à la hâte une trousse de toilette et quelques vêtements de rechange.

« Où vas-tu ?, lui demanda *dda* Houça, surpris.

— Au hammam. »

Dda Houça sourit de toutes ses dents à la perspective d'un coït la nuit avec un corps sentant le propre.

« Bon bain, alors ! »

Zehra Belâid venait de franchir le seuil du hammam. Elle se dévêtit, sous l'œil inquisiteur de *lla* Yamna Tibibte, et s'en alla prudemment vers la troisième salle, la plus chaude, un seau vide pendu à chaque poing. Hafida la suivit, quelques minutes plus tard.

Bien qu'il n'y ait pas foule au hammam cet après-midi-là, Hafida choisit de s'installer à quelques empans seulement de Zehra Belâid. Les deux femmes échangèrent les salamalecs de rigueur, puis se mirent à parler de choses et d'autres, de la pluie et du beau temps. Ce faisant, elles s'appliquaient du savon noir sur le corps, indispensable pour apprêter la peau au gommage. Hafida observait discrètement sa jeune voisine, changeait de temps en temps de position pour ne manquer aucune parcelle de son anatomie.

Après le rinçage, elle proposa de lui gommer le dos. Zehra Belâid accepta volontiers, cette partie du corps étant impossible à décrasser convenablement par soi-même ; les accessoires prévus à cet effet, brosse à dos, sangle lave-dos et gratte-dos, ne sont en réalité que des pis-aller, dont l'efficacité laisse beaucoup à désirer.

« Mets-toi à plat ventre, ma chère ! », lui demanda Hafida, certaine que la position lui permettrait d'explorer de près le corps de la fille, par les yeux et par les mains, pour un examen complet. Zehra Belâid eut un moment d'hésitation avant de s'exécuter. Hafida se mit à lui frotter le dos à l'aide d'un gant de Kessa en poil de chèvre, du haut vers le bas, puis du bas vers le haut, soigneusement. Elle glissa ensuite le gant vers ses fesses larges et fermes, frotta en faisant de grands mouvements circulaires. Prise de court, Zehra Belâid se laissa faire. *Hafida*, se dit-elle intérieurement, *n'est sans doute pas du genre à faire les choses à moitié.*

Après les jambes et les pieds, Hafida ôta le gant et se tapa dans les mains à deux reprises, signe que la première étape du gommage était terminée. Zehra Belâid se retourna sur le dos. Hafida renfila le gant, après l'avoir rincé et essoré. Elle entama la seconde étape : les mains, les avant-bras, les bras, les aisselles, les épaules, le cou, la poitrine, le ventre, le bas-ventre..., gommant continuellement avec autant de soin que d'application.

Le zèle de Hafida finit par éveiller le doute dans l'esprit de Zehra Belâid, le gommage complet n'étant, habituellement, fait qu'aux enfants en bas âge et aux vieilles femmes décaties. *Hafida m'a-t-elle prise pour une enfant en bas âge ?*, se demanda-t-elle, pleine de suspicion. *Ou a-t-elle un penchant pour la chair féminine ?* Pour en avoir le cœur net, Zehra Belâid projeta de faire bientôt une petite enquête auprès de la gent féminine du village.

53

De retour à la maison, Hafida informa *dda* Houça qu'elle venait enfin de dénicher l'épouse idéale pour Omar.

« Qui est-elle ?

— Zehra Belâid.

— Zehra Belâid...

— Tu la connais ?

— Un peu... comme ça... de loin. Je connais surtout ses parents.

— Zehra est une fille assez jolie, reprit Hafida, dotée d'un corps plantureux, sans toutefois d'excès nulle part, une peau douce comme du velours, une poitrine pleine et ferme, des courbes généreuses, des hanches abondantes et des jambes parfaitement galbées. En plus, Zehra a, partout au village, la réputation d'une fille gentille, serviable, attentionnée et vive de ses mains.

— Voilà l'épouse que je souhaite pour Omar, s'exclama *dda* Houça, le visage barré d'un grand sourire de satisfaction. Pas cette dévergondée de Zineb Ayour... Espérons seulement que..., ajouta *dda* Houça, une soudaine inquiétude dans l'air. Espérons seulement que la demande en mariage aboutira cette fois-ci.

— Elle aboutira.

— Quoi ?

— Elle aboutira.

— Tu as demandé à la fille, n'est-ce pas ?

— Non. Ce n'était pas prévu dans ma feuille de route.

— Comment tu sais donc que la demande en mariage aboutira ?

— Je ne le sais pas ; je le sens.

— Tu le sens ?

— Oui. C'est encore plus sûr.

— Comment ça, tu le sens ? Je n'ai pas compris.

— *L'intuition féminine*, ça te dit quelque chose ?

— *L'intuition féminine…*, répéta *dda* Houça, l'index sur la tempe, l'œil pensif, l'air d'un homme qui arpente sa mémoire à la recherche d'un lointain souvenir. *L'intuition féminine… L'intuition féminine…* J'en ai entendu parler quelque part, mais je ne me souviens plus du contexte… *L'intuition féminine… L'intuition féminine…* qu'est-ce que ça peut bien être ? *L'intuition féminine…* N'est-ce pas une boule de cristal ?

— Non.

— Une tache d'encre, alors ?

— Non.

— C'est donc un tas d'osselets ?

— Non plus. »

Dda Houça réfléchit encore quelques secondes, les yeux levés au ciel. N'ayant rien trouvé d'autre, il avoua son ignorance :

« Je donne ma langue au chat.

— *L'intuition féminine*, c'est… c'est… Laisse tomber, *dda* Houça !

— Pourquoi donc ?

— *L'intuition féminine* est l'apanage des femmes ; les hommes n'y comprennent rien. Retiens seulement ce qu'elle m'a dit !

— Qui ?

— Mon intuition, voyons !

— Qu'est-ce qu'elle t'a dit ?

— Que la demande en mariage aboutira cette fois-ci, sans faute.

— Je ne lui demande rien d'autre. Enfin, pour le moment. »

54

Le soir venu, *dda* Houça se rendit chez les Belâid, un panier en doum contenant cinq pains de sucre pendu au poing. Il portait sa tenue des grandes occasions : une calotte berbère d'un bleu céleste, une djellaba verte, parfumée à la fleur d'oranger, et des babouches de Tiznite jaunes, en cuir naturel. Le bleu, le vert et le jaune – les trois couleurs vénérées par les Berbères depuis la nuit des temps, le bleu étant le symbole de la sagesse, le vert, celui de la liberté et le jaune, de la lumière.

Dda Boujemâa Belâid, le père de Zehra, fit grand accueil à *dda* Houça. *Lla* Fadma, sa mère, apprêta à la hâte un tajine au lapin, avec oignons rouges, raisins secs et amandes effilées – plat traditionnellement réservé aux seuls invités de marque.

Au moment du thé aux plantes servi en guise de dessert, *dda* Houça exposa l'objet de sa visite en des termes clairs et précis : « Je suis venu te demander la main de Zehra, ta fille, pour Omar, mon fils.

— Si ça ne tenait qu'à moi, répondit *dda* Boujemâa, l'air un peu gêné, je te donnerais mon aval tout de suite et de bon cœur. Mais, tu le sais autant que moi, *dda* Houça : nous, les Berbères, avons coutume de laisser nos enfants choisir eux-mêmes leurs conjoints en toute liberté. »

Ces mots dits, *dda* Boujemâa se redressa et s'en alla en direction de la cuisine, située à l'autre bout de la maison.

Lla Fadma, sa femme, et Zehra, sa fille, y lavaient la vaisselle du dîner en papotant. *Dda* Boujemâa leur apprit brièvement la demande de son hôte. « Qu'en dis-tu, Zehra ? » ajouta-t-il en se retournant vers sa fille. Pour toute réponse, celle-ci baissa les yeux, un sourire timide aux lèvres – signes incontestables de consentement. *Lla* Fadma monta aussitôt sur la terrasse de la maison et lança une salve de youyous ; ils résonnèrent aux quatre coins du village, le silence de la nuit et l'écho des montagnes aidant.

55

Le mariage eut lieu trois semaines plus tard : une fête en mode silencieux, sans tapage ni apparat, conformément au hadith.

Pour divertir les invités, Omar avait fait venir de Marrakech un groupe de récitateurs du coran ayant pignon sur rue au quartier populaire Sidi Youssef Ben Ali. Ils étaient une dizaine d'hommes barbus, gras et bedonnants, vêtus tous pareillement : djellaba d'un blanc immaculé, bonnet de prière de même couleur et mocassins en cuir noirs.

D'habitude, les récitateurs du coran officient en ville, dans des cérémonies religieuses ou funéraires ; mais, depuis quelques années, avec la montée imparable de l'islamisme et de la bêtise, les gens recourent à leurs services en toutes circonstances, y compris pour fêter un mariage, une naissance, l'obtention d'un diplôme, l'ouverture d'un magasin ou encore l'achat d'un appartement.

Pour faire venir les récitateurs de la station d'Ifri n'Izem à Tizi Ounddame, Omar avait loué des mulets et engagé une dizaine de muletiers.

Bien que long et un peu fatigant, le voyage fut agréable de bout en bout. Les récitateurs s'amusèrent bien durant le trajet, admirèrent les magnifiques paysages du Haut Atlas à coups de « *Soubhan Allah ! Soubhan Allah… !* », prirent des dizaines de photos avec leurs Smartphones, cueillirent autant d'herbes aromatiques sur le chemin : origan, thym, armoise blanche, menthe pouliot, laurier, lavande, romarin, myrte…, citant les vertus de chacune et ses bienfaits sur la santé. « Qui parmi vous connaît celle-ci ? Certains l'appellent *marjolaine* ; d'autres, *origan des jardins.* C'est une plante condimentaire avec bien des vertus thérapeutiques. Le calife Otman, bénédiction d'Allah sur lui, l'utilisait pour traiter la grippe et libérer les voies respiratoires… Qui connaît cette curieuse gousse ? C'est la *caroube*, le fruit du caroubier, que voici. Ses bienfaits pour la santé sont tout simplement infinis. Al-Biruni, bénédiction d'Allah sur lui, disait, dans sa célèbre *Pharmacopée*, que ses graines sont un excellent antidiarrhéique… Tiens, la *sauge des prés* ! Savez-vous qu'il n'y pas mieux pour soigner les ballonnements et autres troubles de la digestion ? Avicenne, le père de la médecine arabe, qu'Allah ait son âme dans Sa vaste miséricorde, lui a consacré tout un chapitre dans sa fameuse *Encyclopédie*… Visez-moi cette plante aux feuilles si vertes ! Qui parmi vous la connaît ? Oui, c'est l'*ansérine* ! Il n'y a rien de mieux que l'ansérine pour faire baisser la fièvre rapidement. Notre illustre médecin musulman Abou Bakr Mohammad Ibnou Zakaria Arrazi, que son âme repose en paix, énumère ses multiples vertus dans son *Guide du médecin nomade… Sidi* Hamid, toi qui as souvent des crises de migraine, voici un remède de cheval : la *camomille sauvage…* »

Omar vint à la rencontre des récitateurs au pied du village, vêtu de sa *gandoura* d'islamiste à manches longues, un bonnet de prière et des sandales bédouines. Accolades à la moudjahidine, bourrades, embrassades, salamalecs en arabe ancien, sourires de circonstance, échange de banalités et de lieux communs, le tout ponctué de formules religieuses : « *Hamdou lillah ! Masha'allah* ! Soubhan'allah ! Incha'Allah… !* »

Arrivés à la maison, *dda* Houça leur servit le thé de bienvenue avec, en guise d'amuse-gueule, des bols en terre cuite remplis de noix, amandes, figues sèches, dattes, pois chiches et cacahuètes.

Le déjeuner fut servi une heure plus tard : quatre grands tagines de mouton à l'oignon et prunes sèches et autant de plats de couscous au poulet fermier. Les récitateurs furent fidèles à leur réputation nationale de gloutons hors pair : ils dévorèrent tous les plats avec un appétit de loup affamé.

Le repas terminé, les récitateurs s'assirent en cercle sur un tapis de laine écrue, étendu dans le patio, et se mirent à ânonner sourate après sourate durant tout l'après-midi. Les invités ne comprenaient rien mais ils écoutaient, ou plutôt, faisaient mine d'écouter.

La cérémonie fut clôturée par une prière-fleuve, au cours de laquelle le chef des récitateurs, un prognathe aux incisives grandes et jaunes, projetées en avant, pria Allah et Son ultime messager de gratifier les jeunes mariés de richesses inépuisables, une maison vaste et cossue, une nombreuse descendance, mâle de préférence, une santé de fer, des yeux de lynx, une mémoire de cheval, un mental d'acier, une prudence de serpent, un pèlerinage à La Mecque et, pour finir en beauté, une place de choix au paradis, le plus près possible de l'ultime messager d'Allah et de ses compagnons, prière et salut sur eux. Les autres récitateurs, les paumes levées au ciel, la tête légèrement penchée sur le côté, répondaient à chaque fois : « Amen ! Amen ! »

L'office coûta deux mille dirhams à Omar, un tarif préférentiel à en croire Prognathe, réservé aux clients les plus fidèles. « Régulièrement, ajouta-t-il en se lissant doctement la barbe avec la main droite, nous nous faisons payer quatre mille dirhams sonnants et trébuchants ; mais, comme tu es un de *nos frères en Allah*, nous avons décidé, d'un commun accord, de diviser par deux le tarif en vigueur. N'est-ce pas ce que nous avons fait, *mes frères en Allah* ? » demanda-t-il à ses collègues.

Ils confirmèrent tous, d'une seule voix.

Jamais on n'avait vu fêter ainsi une noce à Tizi Ounddame, ni à des lieues à la ronde. Les villageois en restèrent interloqués. Ceux, rares, opposés à cette étrange façon de faire, avaient fait le choix de ne pas se déplacer.

56

Marié, Omar coulait des jours heureux. Sa vie, naguère terne et insipide, s'était soudain parée de mille agréments et autant de couleurs. Le visage radieux de Zehra, sa jeune épouse, et ses grands sourires ensoleillés lui réjouissaient le cœur. Sa croupe appétissante dissipait instantanément ses soucis, comme un soleil de printemps dissipe les nuages.

Sur le plan sexuel, la satisfaction était entière. Omar chevauchait sa femme pratiquement toutes les nuits ; parfois aussi le jour, à l'heure de la sieste, quand l'attention se relâchait un peu dans la maison.

Zehra n'était pas vraiment une jolie femme mais le Créateur, dans un transport de générosité, l'avait gratifiée d'une forte croupe au galbe parfait, aux contours harmonieux – attribut rare chez les femmes de ces régions montagneuses, où les corvées et les chemins en pente raide leur font condenser le postérieur et le durcir comme la gelée durcit le sol. Une formule, inventée sans doute par quelque misogyne du pays, décrit ainsi cet état des choses : « *Montagnarde : visage de pivoine et cul de granit.* »

Le plantureux fessier de Zehra Belâid était une heureuse exception à Tizi Ounddame – un atout qui faisait d'elle l'objet de fantasmes de tous les mâles du village, de dix à cent ans. L'on racontait même qu'un baudet en rut, sans doute aussi un peu toqué, avait, un après-midi d'été, poursuivi

Zehra à travers champs, le membre raide comme un gourdin, décidé à lui défoncer l'arrière-train. N'était l'intervention d'un paysan présent sur les lieux, la jeune femme y aurait sûrement laissé et son fessier et sa peau.

La forte croupe de Zehra s'avéra, pour Omar, à la fois un plaisir intense et une douce consolation. En la chevauchant, il n'oubliait jamais de remercier intérieurement Hafida, sa belle-mère, de lui avoir déniché une épouse aussi appétissante.

57

En amour, la mémoire est souvent hostile à l'homme. Elle enregistre à son insu des scènes de sa vie amoureuse, vécues surtout durant sa jeunesse, quand les formes de ses partenaires débordent encore de fraîcheur et de grâce. Avec le temps, elle les transforme en scènes de référence. Quelle que soit la densité de ses amours suivantes, si elles ne dépassent pas en qualité et en intensité ces scènes de référence, définitivement gravées dans sa mémoire, l'homme n'en tire, dans le meilleur des cas, qu'une passable satisfaction. En d'autres termes, il reste sur sa faim.

Face à cette mémoire des faits affectifs, incontrôlée et incontrôlable, les hommes réagissent de deux façons différentes. Certains s'évertuent à oublier le passé, à tourner la page, sans guère de succès dans la plupart des cas. D'autres, comme Omar, choisissent de composer avec elle. Autrement dit, ils se laissent de plein gré enfermer dans leurs souvenirs affectifs et y revivent ainsi à souhait leurs amours révolues, sous forme de rêves éveillés ou, plus souvent, à travers leurs amours présentes – conjugales dans la plupart des cas.

Pour Omar, tout avait commencé une nuit d'été, trois mois après son mariage, jour pour jour. Alors qu'il besognait Zehra, sa femme, l'image de l'autre survint dans son esprit sans crier gare, la tunique en coton bleue collée à son corps de sylphide, le galbe irrésistible, les cheveux dans les yeux, longs et ruisselants. La flamme que le pauvre Omar croyait éteinte venait de renaître brusquement de ses cendres. Il secoua la tête, susurra une formule censée annuler les illusions des sens, une autre pour conjurer les vieux démons… l'image de la ravissante Zineb demeura dans son esprit, permanente et inébranlable, jusqu'à la jouissance. *Chose étonnante*, se dit Omar à part lui, *mon désir est bien plus fort que d'habitude, l'amour nettement plus savoureux.*

Le lendemain, alors qu'il s'apprêtait à enfourcher Zehra, l'image de l'autre surgissant du courant, toute ruisselante, survint à nouveau dans son esprit et s'empara de lui. Elle y revint le surlendemain au même moment, y revint les jours suivants, immanquablement, devenant de plus en plus persistante, de plus en plus accaparante.

Tandis qu'Omar réfléchissait à une solution, le conseil de *dda* Bourrhim Aouchtar, le vieil herboriste de Tamassite, lui revint en mémoire. Il se résolut aussitôt à faire la paix avec l'implacable intruse, comme on se résout, malgré soi, à faire la paix avec un adversaire invincible. Dorénavant, chaque fois qu'il enfourchait sa femme, l'autre, ou plutôt son souvenir, s'invitait à la partie – un classique chez les hommes mariés, peut-être aussi chez les femmes. *Voilà*, se dit-il une nuit alors qu'il faisait l'amour à l'une tout en pensant à l'autre, *voilà pourquoi l'homme ne peut se satisfaire d'une seule épouse. L'islam a vu juste. L'islam est dans le vrai. Gloire à Allah, le Maître de l'univers !*

58

Omar était dans sa chambre, assis en tailleur sur un tapis, nu sous une légère tunique de lin grise. Devant lui, Zehra, sa femme, à plat ventre, les fesses à l'air. Elles étaient larges, fermes, légèrement rebondies, un festin.

C'était un après-midi d'août, à l'heure de la sieste. Pendant que son père et sa belle-mère piquaient un somme au rez-de-chaussée, Omar se délectait de la généreuse croupe de sa femme dans leur chambre à l'étage : il l'embrassait, la caressait, la pelotait, la malaxait, la reniflait… Ce faisant, il murmurait : « Grâces soient rendues au Ciel pour ce don ineffable ! Grâces soient rendues au Ciel pour ce don ineffable… ! » C'était sa façon de préparer sa femme à l'amour, les seuls préliminaires qu'il lui prodiguait depuis la nuit nuptiale. Il n'en connaissait pas d'autres. Comment pouvait-il en connaître, si personne ne s'était jamais donné la peine de lui en apprendre ?

Au moment où Omar déballait son dard haletant pour le planter entre les deux éminences charnues de Zehra, un appel à la prière retentit quelque part dans la chambre : « *Allahou akbar ! Allahou akbar… !* » C'était la sonnerie personnalisée de son téléphone mobile.

« Zut !, fulmina-t-il. Et re-zut ! »

Il se releva, bouillonnant de colère, le membre raide comme un gourdin, donna un violent coup de poing dans l'air, cracha à droite, cracha à gauche, lança une salve d'imprécations contre l'inventeur de ces appareils diaboliques qui sonnaient toujours aux moments les plus inopportuns… Enfin, il ramassa son saroual bouffant, en retira le téléphone.

« Mince ! » dit-il en voyant le nom d'*Abou* Merouane affiché sur l'écran. Il se dépêcha de répondre.

« Où en es-tu dans ta mission ?, lui demanda *Abou* Merouane après les salamalecs d'usage.

— Aux préliminaires, *sidi*, répondit Omar tout en essayant, d'une main, de renfiler son saroual.

— À quoi, dis-tu ?

— Aux préparatifs !, se hâta de rectifier Omar. Excusez-moi, *Abou* Merouane, pour le fâcheux lapsus ! Je voulais dire *préparatifs* et j'ai dit… Maudit soit Satan qui me fait tout confondre !

— Les préliminaires sont aussi des préparatifs, dans un certain contexte. Mais ce n'est pas ça le sujet, Omar ; je t'ai appelé pour t'annoncer une bonne nouvelle.

— Une bonne nouvelle, *sidi* ?

— Oui, une bonne nouvelle.

— Grâces soient rendues à Allah ! Grâces soient rendues à Allah !

— Visiblement, j'ai mal choisi le moment. Rappelle-moi quand tu auras le temps… »

Abou Merouane raccrocha aussitôt. Omar se retourna vers sa femme, les mâchoires serrées, le regard furieux :

« Rhabille-toi !, lui intima-t-il sur un ton qui ne souffrait pas de réplique.

— Ce n'est pas le moment d'interrompre, voyons !, répondit Zehra, pas du tout contente.

— Je n'ai pas le choix.

— Qu'est-ce qui se passe ?

— Le devoir m'appelle.

— Tu ferais mieux d'achever d'abord celui que tu viens de commencer.

— Je reprendrai ce soir.

— Pourquoi pas maintenant ?

— Maintenant, j'ai un coup de fil important à passer.

— Tu le passeras après. Un coup de fil, ça peut toujours attendre.

— Pas celui-ci.

— Qu'est-ce qu'il a de particulier, celui-ci ?

— Il est urgent.

— Qu'est-ce que ça veut dire, *urgent* ?

— Ça ne peut pas attendre.

— Et moi alors, je peux attendre ?

— Rhabille-toi et ferme-la ! Tu m'énerves !

— C'est contraire à la *charia*, ce que tu viens de faire là !

— Qu'est-ce que tu connais à la *charia*, toi qui n'as jamais ouvert un livre ?

— *Maudit soit l'homme qui commence une besogne et ne l'achève pas !*

— C'est quoi, ça ?

— Une parole du prophète.

— Une parole du prophète ?

— Oui.

— D'où tu la tiens ?

— Ou peut-être est-ce une sagesse de vieux... Je ne sais pas exactement.

— Quand on ne sait pas on se tait, femme ! »

Omar glissa les pieds dans ses sandales et dévala les escaliers, vitupérant contre les gens qui prétendent savoir des choses alors qu'ils ne savent rien.

« Il est *urgent* !, fit Zehra avec une moue railleuse. Il est *urgent* ! Y a-t-il en ce bas monde chose plus urgente que de mener à bonne fin l'amour commencé ? Elle a bien raison, ma tante Milouda, ajouta-t-elle en renfilant sa *gandoura*. Il n'y a pas plus bête qu'un homme. »

59

« J'ai une bonne nouvelle pour vous !, annonça Omar aux villageois après la prière d'*al-âsr*. La Mouvance a fait un don de deux cents voiles intégraux aux femmes du village, de dix à cent ans ! Je viens de récupérer les colis ce matin à la gare routière d'Imlil. »

La nouvelle fut accueillie avec des vivats enthousiastes et de grandes acclamations en l'honneur de la Mouvance. Il faut dire qu'hormis quelques randonneurs européens de passage au village, qui offraient parfois cahiers, stylos et crayons aux écoliers, jamais personne n'avait rien donné aux habitants de Tizi Ounddame. Ce premier don, quoique réservé à la seule gent féminine du village, déclencha chez eux une réelle sympathie pour la Mouvance.

Omar chargea Hassan Ikine, une des ses ouailles, les plus dévouées, de procéder à la distribution des voiles au village, maison par maison. L'homme s'attela volontiers à la tâche.

Dès le lendemain matin, les femmes de Tizi Ounddame se mirent au voile intégral. Les habits berbères, plusieurs fois millénaires – robes arc-en-ciel, caftans aux couleurs chatoyantes, tuniques safranées, fichus brodés de feuillages verts et de pétales d'or, sarouals ethniques avec des motifs champêtres, pantoufles en cuir tanné, babouches finement brodées de fil d'argent… – cédèrent brusquement la place à une grossière *gandoura* noire, tenant plus de la bâche que du vêtement, et à un long voile facial de même couleur, nommé *niqab**, qui ne laissait à la femme qu'une fine fente horizontale au niveau des yeux, à travers laquelle elle pouvait voir sans être vue. Abdeslam Boutserrite, le poète du village, le baptisa *le linceul de la femme berbère.*

Seules Zineb et sa mère avaient décliné l'offre : la première par conviction, la deuxième par solidarité avec sa fille.

« Sais-tu, dit Ikine à Zineb sur un ton de reproche, que ce voile intégral est vivement recommandé par le saint coran ?

— Voudrais-tu, éminent professeur Hassan Ikine, répliqua Zineb, une pointe goguenarde dans la voix, me citer le verset le recommandant ? Je t'en remercie d'avance. »

L'index sur la tempe gauche, les yeux tournés vers le ciel, Ikine fit mine de fouiller dans sa mémoire à la recherche du verset en question.

« À vrai dire, répondit-il après réflexion, il y a quatre versets coraniques recommandant le voile intégral aux femmes. Malheureusement, je les ai oubliés.

— Tu as oublié les quatre ?

— Oui, malheureusement. Il faut dire… Il faut dire que j'ai toujours eu une mémoire de linotte, moi.

— Et une cervelle de moineau.

— Ne te moque pas, Zineb !

— Pas étonnant que tu t'appelles *Ikine** !

— Je ne m'appelle pas comme ça.

— Tout le village t'appelle Ikine.

— C'est juste un surnom !

— Tu ferais mieux d'en faire ton nom.

— Pourquoi ?

— Il te va comme un gant.

— Arrête de te moquer !

— Écoute, Ikine !, dit Zineb sans prêter attention à la sommation.

— Quoi encore ?

— Si tu avais un brin de jugeote, tu ne viendrais pas nous affliger de ce hideux accoutrement.

— Tu exagères !, répliqua Ikine. C'est un beau vêtement. »

Zineb tendit deux doigts, attrapa un voile dans le sac comme on attraperait un torchon souillé, l'agita devant les yeux d'Ikine, la mine barrée d'une moue dégoûtée.

« Un beau vêtement, *ça* ?, dit-elle, mettant toute sa répugnance dans le pronom démonstratif.

— Oui.

— Si tu trouves beau ce sinistre affublement, c'est qu'en plus d'avoir une mémoire de linotte, tu as aussi des goûts de pignouf ! »

Elle roula le voile en boule entre ses mains et le balança dans les bras d'Ikine.

« Tiens !, lui dit-elle. Remballe ta camisole de force et lève l'ancre ! Je suis une femme libre, moi, et tiens à le rester. »

Ne sachant que répondre, Ikine se figea dans sa posture, l'air hébété. Zineb pivota sur ses talons et rentra à la maison, claquant bruyamment la porte derrière elle.

« Pour une dévergondée, dit Ikine à part lui, c'est une dévergondée ! Et de grande envergure ! »

60

Après la distribution des voiles aux femmes du village, Omar consacra le prêche du vendredi suivant à la symbolique de l'habit dans la société – un sujet traité par *Abou* Merouane dans un de ses prêches au *riad* de la Mouvance. Omar l'avait encore présent en mémoire, comme s'il ne datait que de la veille :

« Comme on reconnaît le militaire à son treillis, dit-il, l'ouvrier à son bleu, le médecin à sa blouse, on reconnaît le musulman à son habit. C'est par l'habit que les anges gardiens distinguent d'en haut le musulman authentique du musulman postiche ; ils veillent sur l'un et se détournent de l'autre... L'habit, ajouta Omar, n'est pas seulement un moyen de nous protéger contre les intempéries, ou de nous mettre en valeur ; il est aussi un miroir qui reflète notre identité, nos convictions, nos goûts, nos penchants...

— Puis-je savoir, *sidi* Omar, ce que reflète l'habit berbère, qui est le nôtre ?, demanda un villageois.

— La réponse est dans la question : l'habit berbère reflète la berbérité de ceux et celles qui le portent, autrement dit leur appartenance à la culture berbère, dite amazighe par certains ; laquelle culture, cela soit dit en passant, est tout à fait aux antipodes de l'islam. Un musulman digne de ce nom doit s'habiller comme nos glorieux ancêtres du premier siècle de l'hégire. Un musulman digne de ce nom doit se débarrasser de tous les accessoires de toilette modernes qui se trouvent chez lui : rasoirs, brosses, parfums, produits, bijoux..., tous ces produits occidentaux qui attentent à sa virilité... »

Excepté quelques récalcitrants, la plupart des villageois jetèrent aux orties leurs habits berbères, plusieurs fois millénaires, et les remplacèrent, sans regret, par l'affublement salafiste. Dans la foulée, ils se laissèrent pousser la barbe, développèrent la *zabiba** à force de prosternations acharnées, prirent un surnom commençant par *Abou*... Certains se mirent à parler arabe entre eux et avec leurs enfants. D'autres projetaient d'aller en pèlerinage à La Mecque pour y laver leurs péchés. D'autres encore caressaient le rêve de prendre une deuxième épouse, plus jeune et plus fraîche.

61

Soucieux de réaliser l'unanimité autour de son projet islamiste, Omar prit la décision d'aller à la rencontre des dissidents. Il les invita, un par un, à une *maouïda* dans un coin de la mosquée, après l'ultime prière du jour. Il parvint, à force de sourates et hadiths menaçants d'Enfer, à en convaincre quelques-uns, trois ou quatre ; les autres campaient sur leurs positions avec une fermeté opiniâtre.

Anazour, chef des musiciens-chanteurs et homme au caractère bien trempé, fut le premier sur la liste. Omar savait qu'il serait un élément décisif dans son entreprise, *un game changer* pour parler un bon français : s'il réussissait à le rallier, les autres insoumis suivraient automatiquement.

Après une entrée en matière un tantinet moralisante, Omar aborda le sujet par une délicate flatterie à l'intention d'Anazour, la même dont s'était servi le prophète Mohammad pour entraîner Omar Ibn Al-Khattab, alors ennemi juré de la nouvelle religion, en lui disant : « L'islam sera fier de toi, Omar ! » Touché par le bel éloge, Ibn Al-Khattab se convertit aussitôt à la nouvelle religion, en devint même un fervent défenseur puis, à l'âge de cinquante ans, le grand calife que l'on connaît.

« Le guide spirituel de la Mouvance serait fier de toi, s'il te voyait en tenue islamique ! » dit Omar à Anazour.

Contrairement à Ibnou Al-Khattab, Anazour ne se laissa pas amadouer par le compliment :

« Il est hors de question, répondit-il, que je porte le grotesque accoutrement des Bédouins arabes.

— C'était l'habit de nos ancêtres.

— *Nos ancêtres* ?, releva Anazour, un sourcil plus haut que l'autre, le regard soudain mécontent. En voilà une supercherie !

— Pourquoi dis-tu ça, Anazour ?

— Nos ancêtres étaient berbères, voyons !

— Le dernier messager d'Allah était arabe, et bédouin, qui plus est ! Les quatre califes de l'islam aussi étaient arabes, les…

— Peu importe, Omar, puisque Dieu est berbère.

— *Dieu est berbère* ?, s'écria Omar, indigné. *Dieu est berbère* ? (Il leva ses paumes au ciel.) Allah, Tout-Puissant, je cherche refuge auprès de Toi contre Satan le lapidé ! Allah, Tout-Puissant, je cherche refuge auprès de toi contre Satan le lapidé… ! *Dieu est berbère* ? Voilà le pire blasphème que je n'ai jamais entendu de ma vie…! Écoute, Anazour ! Écoute bien ce que je vais te dire !

— Je t'écoute.

— Ton sort est désormais scellé, bel et bien scellé.

— C'est-à-dire ?

— Quoi que tu fasses après la prononciation d'un tel sacrilège, Dieu ne te pardonnera pas.

— Je savais que tu étais doué, Omar, répondit Anazour, un sourire goguenard sur les lèvres, mais pas au point de lire dans les pensées de Dieu. »

Un flot de sang empourpra le visage d'Omar, sa poitrine se gonfla, sa respiration devint oppressée. Il fixa Anazour de deux yeux chauffés à blanc, les traits crispés, les mâchoires serrées.

« Toi, Anazour, tu…, le menaça-t-il en martelant les syllabes, l'index pointé sur son front comme le canon d'une arme à feu. Toi, Anazour, tu… »

Il laissa sa menace en suspens et s'en alla, écumant de colère.

62

Brick, le père de Zineb, avait décliné l'invitation d'Omar. Celui-ci mit son orgueil de côté et alla à sa rencontre jusque dans son épicerie.

« Sans doute devines-tu le motif de ma visite, lui dit-il après les salutations d'usage.

— Non, Omar, répondit l'épicier, je n'en ai aucune idée.

— C'est à propos de ta fille.

— Là, je devine le motif de ta visite, dit l'épicier, l'œil incrédule. (Il cala ses coudes sur le comptoir, pencha la tête vers Omar, comme pour lui confier un secret, l'index tapotant la tempe gauche.) Fais travailler un peu tes neurones, Omar ! Ils sont faits pour ça.

— Qu'est-ce que tu insinues, Brick ?

— Ma fille a refusé d'être ton épouse ; comment veux-tu qu'elle accepte d'être ta coépouse ?

— Détrompe-toi, Brick ! Je ne suis pas venu redemander la main de ta fille. Je n'en ai pas l'intention, encore moins l'envie. Et pour ne rien te cacher, je remercie le Ciel que ma demande en mariage n'ait pas abouti.

— Nous, doublement, figure-toi.

— Tant mieux.

— Puis-je savoir alors le motif de ta visite ?, demanda l'épicier en jetant un coup d'œil sur sa montre, l'air d'un homme qui n'a pas de temps à perdre.

— Je suis venu t'apprendre que ta fille est la seule au village à avoir refusé de porter le voile.

— Voilà qui est fait, Omar. Merci pour l'information.

— C'est là ta seule réaction ?

— Que veux-tu d'autre ? Une prime de déplacement ou une décoration pour services rendus à la nation ?

— En tant que père, il est de ton devoir envers Allah de guider ta fille vers le droit chemin.

— Ma fille est majeure et vaccinée. En plus, elle est instruite.

— Les femmes ont beau être instruites, elles ont la foi légère et chancelante.

— Tu es qui, Omar, pour juger de la foi des humains ?

— Un porteur de la parole sainte.

— Ça ne te donne pas le droit de juger la foi des humains.

— Peut-être ; mais il me donne le devoir de les ramener sur le droit chemin en cas de dévoiement.

— Écoute, Omar ! Ma fille a sa conception de la foi ; tu as la tienne ; Dieu reconnaîtra les Siens le Jour du Jugement Dernier.

— Puis-je savoir sa conception de la foi ?, demanda Omar, narquois.

— Elle est trop relevée pour le commun des mortels. »

Omar haussa les sourcils, ouvrit la bouche.

« Qu'est-ce que tu as ?, lui demanda l'épicier.

— Je sens ma curiosité piquée au vif. Voudrais-tu m'en dire un peu plus, s'il te plaît ?

— Non.

— Pourquoi ?

— Je suis incapable d'en parler en détail.

— Quelques mots me suffiront.

— Je n'ai pas ceux qu'il faut.

— Ce n'est pas grave ; l'essentiel, c'est le sens, pas les termes.

— Tu y tiens vraiment ?

— Oui.

— Alors, écoute-moi bien ! Pour ma fille, la foi est une conviction personnelle, un rapport intime à Dieu ; le voile, la *burka**, le *kamis**, le bonnet de prière, la barbe, la moustache, la *zabiba* et tous les autres signes ostentatoires ne peuvent en être les garants. Voilà, grosso modo, comment ma fille conçoit la foi.

— Si je comprends bien, la foi, pour ta fille, est une chose que l'on doit soustraire, autant que faire se peut, à la vue des autres, un peu comme une malformation ou une tare honteuse.

— Dis donc, Omar !, s'emporta brusquement l'épicier. Tu n'as pas honte ?

— De quoi ?

— De vouloir donner des leçons à ma fille !

— Où est le problème ?

— Le problème est que ma fille est titulaire d'un certificat d'études secondaires ; alors que toi, tu n'as même pas été capable de terminer ta scolarité primaire. »

La réponse de l'épicier eut sur Omar l'effet d'une gifle écopée au beau milieu d'un souk : un flot rouge pivoine submergea son visage, s'étendit jusqu'aux lobes de ses oreilles, puis jusqu'à son cou.

« À toi de m'écouter à présent !, rugit-il, les yeux hors de la tête, le regard incandescent. Ta fille et toi, vous irez tout doit en enfer !

— À t'entendre, répliqua Brick, une pointe railleuse dans la voix, on dirait que Dieu t'en a confié les clés ! »

63

Au prêche suivant, Omar s'en prit violemment à ceux qu'il appelait désormais les *dissidents*.
« La dissidence, s'écria-t-il, l'index pointé vers le haut, est une invention de Satan, l'abominé, pour empêcher l'islam de se répandre, gagner du terrain et prendre le dessus sur les autres croyances. La dissidence est un grain de sable dans l'engrenage, un bâton dans les roues, une épine dans le pied : impossible d'avancer avec. La dissidence, *mes frères en Allah*, est… »

De fil en aiguille, le prêche d'Omar prit des allures de *fatwa*.

« Sachez, *mes frères en Allah*, dit-il, que le Maître de l'univers nous recommande instamment de fonder une *Oumma*, autrement dit une communauté uniforme et concordante, avec un Dieu unique, une vérité unique et un destin unique. Vous l'aurez compris, ce projet grandiose ne peut être réalisé sans avoir banni la dissidence et proscrit à tout jamais ceux qui l'incarnent, à défaut de leur trancher la tête. Aux premiers siècles de l'hégire, les dissidents étaient décapités sans autre forme de procès, leurs têtes exposées sur la place publique pour dissuader ceux et celles qui seraient tentés de leur emboîter le pas… »

Ne pouvant décapiter les *dissidents*, Omar tâcha, par de ténébreuses machinations, de les mettre en quarantaine, voire de les diaboliser.

Brick Ayour, le père de Zineb, fut sa première victime : quelques jours après sa véhémente dispute avec Omar, l'épicier remarqua que la plupart de ses clients se rendaient désormais au magasin d'en face, celui de Hmad Amatate, un partisan dévoué d'Omar, doublé d'une crapule absolue, capable de troquer sa propre mère contre un menu privilège. Bientôt, l'épicerie de Brick ne fut plus fréquentée que par quatre ou cinq villageois, tous des opposants au projet obscurantiste d'Omar, comme par hasard.

Un soir, ayant aperçu Thami Achbar, son beau-frère, faire ses courses à l'épicerie d'en face, Brick jeta l'éponge, ulcéré.

« Je vends le magasin, annonça-t-il à brûle-pourpoint, le soir, en rentrant. Contenu et contenant.

— Vends-le !, répondit sa femme. Cela fait des mois qu'il ne te rapporte plus grand-chose, ce magasin.

— Tu ferais mieux de vendre aussi la maison, tant qu'à faire, renchérit Zineb.

— Vendre aussi la maison ?, fit Brick, déconcerté.

— Oui, papa. Depuis quelque temps, je ne me sens plus à l'aise dans ce foutu village. L'atmosphère y est devenue extrêmement tendue, l'air irrespirable.

— Mais où veux-tu que nous logions si je vendais la maison ?

— Sur notre lopin de terre là-bas, dans la vallée. Une maisonnette de la taille d'un mouchoir de poche nous suffira largement. Nous y vivrons mieux et en paix ; j'en suis certaine. »

La proposition de Zineb tomba à point nommé pour le père ; lui non plus ne se sentait plus à l'aise à Tizi Ounddame, mais ne voyait pas d'alternative à la situation. Sa fille venait de lui en proposer une. C'est l'un des avantages des jeunes sur leurs aînés : ils sont capables de repérer une issue là où ces derniers ne voient qu'impasses et portes fermées.

64

Aussitôt dit, aussitôt fait : le lendemain, Brick engagea deux maçons et commença les travaux sur un coin de son verger, dans la vallée en contrebas. Il mit lui-même la main à la pâte, travailla d'arrache-pied tous les jours, du lever au coucher du soleil. Zineb et sa mère préparaient les repas. « Tu comptes emménager dans la nouvelle maison, Brick ?, lui demandaient les villageois, curieux.

— J'espère bien.

— Mais tu y seras trop isolé.

— Mieux vaut être trop isolé que mal entouré. »

Quatre mois plus tard, la nouvelle maison fut fin prête. La famille pendit la crémaillère un mardi soir, en présence d'une poignée de proches.

Brick et les siens devinrent ainsi la première famille de Tizi Ounddame à s'installer dans la vallée en contrebas. L'année suivante, Anazour, le chef des musiciens-chanteurs, et sa famille les y rejoignirent, fuyant l'obscurantisme rampant qui sévissait au village, suivis bientôt d'Abdeslam Boutserrite, le poète, puis de Hmida Amdyaz et M'barek Bouyfskane, deux autres musiciens-chanteurs, et leurs familles respectives. Un nouveau village naquit ainsi de la folie d'un jeune illuminé. Ces premiers habitants le baptisèrent *Igherm n'Imazighen*, le Village des hommes libres. Omar et ses acolytes, eux, l'appelaient *Igherm n'Iboukaden*, le Village des aveugles.

À la fin de chaque prêche hebdomadaire, Omar levait les paumes au ciel et priait Allah de châtier durement le village naissant, comme Il avait châtié autrefois Babylone, Sodome et Gomorrhe. Ses ouailles attendaient de pied ferme le châtiment suprême. En attendant, ils imaginaient la forme qu'il pourrait prendre : pour certains, ce serait une énorme crue, semblable à celle du 17 août 1995, ou encore un glissement de terrain; pour d'autres, une épidémie dévastatrice, une navette spatiale de Poutine en perdition dans l'espace ou une météorite géante ; quelques-uns avançaient que la terre s'ouvrirait une nuit et engloutirait à tout jamais le maudit village dans ses profondeurs abyssales.

Des semaines s'écoulèrent, puis des mois. Le châtiment tant espéré n'advint pas. Fatigué d'attendre, un villageois fit un jour la remarque à Omar :

« Cela fait presque une année, lui dit-il, que nous attendons vainement la réaction d'Allah à l'égard des *dissidents*.

— C'est bel et bien la preuve que le châtiment divin sera exemplaire, répliqua Omar. Quand le Très-Haut met du temps à réagir face à un mal ou une injustice, c'est qu'Il prépare une riposte foudroyante. »

L'argutie fit mouche : les ouailles d'Omar se remirent à attendre de plus belle le châtiment suprême contre le village naissant. Ils attendirent encore des semaines, puis des mois. En vain.

65

C'était le vendredi 8 septembre 2023, une date dont les Berbères du Haut Atlas se souviendront toujours avec un frisson d'effroi. Omar venait de terminer le prêche hebdomadaire par sa prière habituelle, appelant de tous ses vœux la malédiction d'Allah sur les *dissidents* du village en contrebas. Juste après, il déclara ouverte la séance des questions-réponses. Moha Bouchtar fut le premier à prendre la parole :

« *Sidi* Omar, dit-il avec une certaine amertume, cela fait bientôt deux années que nous attendons vainement le châtiment d'Allah contre les *dissidents*. Je ne vous cache pas que, personnellement, je commence à douter que ce châtiment advienne un jour.

— Ne te laisse pas gagner par le doute, Moha ! Le doute est de Satan ; la foi, de Dieu. Le cœur du musulman ne peut contenir que l'un ou l'autre ; pas les deux à la fois. Quant au châtiment des *dissidents*, rassure-toi, il adviendra.

— Quand, *sidi* Omar, quand ?

— Je n'ai pas de boule de cristal, Moha ; mais il me semble que ça ne va plus tarder. »

Moha fit un geste de lassitude, pas du tout convaincu par la réponse d'Omar.

Au village en contrebas, les Outazarte, la dernière famille à y avoir emménagé, s'apprêtaient, ce soir-là, à pendre la crémaillère. Le père Outazarte avait loué, pour l'occasion, une *tente caïdale* et l'avait montée, avec l'aide de ses voisins, sur une aire de battage, à un jet de pierre de leur maison. Les huit familles que comptait désormais le nouveau village étaient toutes invitées à la fête : hommes, femmes et enfants. Une quarantaine de personnes au total.

Le soir venu, Anazour, Boutserrite, Amdyaz et Bouyfskane déballèrent leurs tambourins et improvisèrent une petite troupe d'*ahouach*. Quatre femmes se joignirent à eux, dont la ravissante Zineb. Un peu plus loin, sous un préau de fortune, l'épouse Outazarte et ses deux filles apprêtaient le dîner : des tajines de lapin à l'ail et des cheveux d'ange au poulet fermier, oignon et raisins secs.

C'était une splendide soirée de septembre, le ciel de Tizi Ounddame brillait de mille points lumineux, l'air sentait bon le parfum doux et légèrement épicé du bois de noyer. La vallée était calme, étrangement calme ; on n'y entendait ni les coassements rythmés des grenouilles, ni les chuintements gémissants des hiboux, ni les glapissements enroués des renards. C'était comme si ces bêtes s'étaient tacitement donné le mot pour se taire ce soir-là. Les pigeons qui, d'habitude, passaient la nuit dans leurs abris au village, avaient pris place sur les branches des noyers, loin, bien loin, des maisons. Les chats et les chiens s'étaient éclipsés depuis le petit matin. Où étaient-ils partis ? Personne ne savait. À vrai dire, personne ne s'était posé la question.

Vers vingt-deux heures, l'épouse Outazarte et ses deux filles servirent le dîner sur des tables basses en noyer ancien. Les tajines étaient succulents ; les cheveux d'ange, un pur délice. Elles servirent ensuite du thé à la sauge et des noix en guise de dessert.

Les convives sirotaient l'infusion parfumée en devisant quand, soudain, un bang, semblable au bruit d'une puissante explosion, secoua la vallée ; la tente tangua comme une barque sur une mer houleuse, la lumière s'éteignit, les deux services à thé échouèrent sur le tapis, les verres volèrent en éclats… Les femmes et les enfants poussaient des cris de détresse, les hommes prononçaient en boucle des formules implorant la protection de Dieu.

« N'ayez crainte !, cria Anazour à la cantonade. Ce n'est qu'un tremblement de terre ! Ce n'est qu'un tremblement de terre ! »

L'appel d'Anazour eut l'effet contraire : les gens se précipitèrent tous dehors ; le mât central de la tente tomba, blessant un enfant à la cheville, la toile s'affaissa sur le sol.

« Calmez-vous !, cria de nouveau Anazour. Et, surtout, restez loin des murs et des arbres ! »

Des bruits d'écroulement se firent entendre ; un nuage de poussière monta dans l'air… La secousse passée, quelqu'un jeta dans l'âtre une gerbe d'herbe sèche ; le feu repartit de plus belle. On put enfin se voir et voir le village à la lumière des flammes : les huit maisons avaient l'air d'être éventrées par des missiles.

« Qu'avons-nous fait à Dieu pour mériter une telle calamité ?, se plaignit Outazarte. Quelle faute avons-nous commise ?

— Le séisme n'est pas un châtiment de Dieu, lui répondit Anazour, mais juste une réaction de la nature. Dieu n'a rien à faire là-dedans. »

Il y eut un silence. Les hommes semblaient méditer le propos d'Anazour.

« Allons redresser la tente !, leur dit celui-ci, comme pour changer de sujet. Il commence à faire trop froid pour les enfants. »

Ils la remontèrent, non sans peine, nettoyèrent le sol, allumèrent un feu de camp à l'entrée. Pendant qu'ils se démenaient, une bête poussait sans cesse des cris de détresse.

« C'est ma Tazibante !, s'écria Bouyfskan. Oui, c'est elle. J'en suis certain. Peut-être est-elle piégée quelque part sous les décombres. »

Les femmes et les enfants regagnèrent la tente. Bouyfskane s'en alla vers sa maison, une torche en bois à la main. Anazour et Boutserrite lui emboîtèrent le pas. Tazibante était là, debout sur un tas de décombres, saine et sauve ; mais elle continuait de hurler, l'air catastrophé. Sans plus attendre, Bouyfskane se faufila entre deux pans de mur, avança sur les gravats jusqu'à une espèce d'enclos situé à l'autre bout de la maison. Là, il découvrit le petit de Tazibante, l'arrière-train coincé sous une palissade de fortune. Il le libéra. Le chevreau rejoignit aussitôt sa mère, traînant une patte tuméfiée.

Alors que Bouyfskane s'apprêtait à quitter les décombres, un bruit suspect lui parvint de l'autre côté du muret, celui d'une bête qui grattait. Il s'approcha, sa torche à la main, et vit Keltouma, son épouse, à quatre pattes, fouillant dans les gravats.

« Qu'est-ce que tu fais là ?, lui dit-il, hors de lui.

— Je cherche mes deux bracelets en or, répondit Keltouma tout en continuant de déplacer les gravats avec ses mains. Ils sont dans un bas de laine rangé au fond de la jarre à farine.

— Sors de là, tête de linotte !

— Pas avant d'avoir retrouvé mes bracelets.

— Sors de là ! Et retourne sous la tente ! Tu risques de te faire ensevelir vivante.

— Pas avant d'avoir retrouvé mes bracelets. »

Excédé, Bouyfskane planta sa torche de fortune dans une niche, enjamba le pan du mur, saisit sa femme par le poignet et la traîna dehors, sans ménagement. Trois secondes après, une solive en peuplier se détacha du plafond et tomba à l'endroit exact où Keltouma était en train de gratter, soulevant un énorme nuage de poussière ocre.

Sous la tente, les enfants dormaient, blottis les uns contre les autres comme des chiots par une nuit de grand froid. Assises un peu plus loin, leurs mères avaient le visage pâle, l'air prostré.

« C'était bien ma Tazibante !, lança Bouyfskane en rentrant sous la tente, suivi d'Anazour et Boutserrite. Je l'ai reconnue à son seul bêlement.

— Pourquoi elle hurlait comme ça ?

— Son petit était à moitié coincé dans les décombres. J'ai réussi à le tirer de là. »

Les trois hommes s'assirent à l'autre bout de la tente. Une discussion s'engagea aussitôt entre eux et les autres sinistrés. Les enfants les écoutaient avec de grands yeux stupéfaits.

« Quelles nouvelles vous nous apportez ?

— Les maisons sont inhabitables.

— Toutes les maisons ?

— Oui.

— Quel grand malheur pour nous !

— Ensemble, nous pourrons les reconstruire.

— *À cœur vaillant*, dit l'adage, *rien d'impossible.*

— N'empêche que ça va être difficile de repartir à zéro !

— Remercions quand même le Ciel de nous avoir laissé la vie sauve !

— Le Ciel et les Outazarte qui ont eu l'excellente idée de pendre la crémaillère ce soir et de nous inviter sous cette tente.

— C'est la preuve que Dieu aime les gens qui font la fête !

— … »

Vers minuit, la terre trembla de nouveau.

« N'ayez crainte !, dit Anazour aux femmes qui se remirent à crier d'angoisse. Ce n'est qu'une réplique ; le choc principal, lui, est passé, bel et bien passé. Il ne reviendra pas de sitôt.

— Les répliques, moi j'en entends une toutes les deux minutes… Mais peut-être est-ce seulement dans ma tête.

— Moi aussi.

— Normal, nous sommes tous traumatisés.

— Moi, je sens l'odeur de la mort autour de moi.

— Parce que ça a une odeur, la mort ?

— Oui, comme tout le reste.

— Ça sent comment, la mort ?

— Comme dans les cimetières : un mélange de viande avariée et de boue.

— Moi, j'aimerais bien avoir des nouvelles de ma sœur qui habite à Tinghourine. Est-ce que quelqu'un parmi vous a des nouvelles de Tinghourine ?

— Le téléphone est coupé ; l'électricité aussi.

— Nous sommes complètement isolés du monde.

— C'est bien le cas de le dire.

— … »

De nouveau, une légère réplique se fit sentir, suivie aussitôt du bruit d'un écroulement au loin.

« Vous avez entendu ?

— Oui, la terre a encore bougé.

— Oui, elle a bougé.

— Mais pas ici, je crois.

— Où ?

— De l'autre côté de la montagne, me semble-il.

— Pourquoi la terre continue-t-elle de bouger comme ça, sans arrêt ?

— Elle est en train de retrouver son assiette initiale, répondit Anazour, une opération qui durera encore des semaines, peut-être des mois, comme c'était le cas à Agadir en 1960. Une fois son assiette initiale retrouvée, la terre ne bougera plus pendant des décennies, voire des siècles.

— Où as-tu appris tout ça, toi, Anazour ?

— Mon père, que le Ciel ait son âme dans sa vaste miséricorde, a vécu le tremblement de terre dévastateur d'Agadir, en février 1960. Il y a eu douze mille morts, soit un tiers de la population de la ville, et vingt-cinq mille blessés. La ville a été rasée de la carte. Mon père en est revenu traumatisé. Chaque soir, pendant des mois, il nous racontait la catastrophe. »

Le silence revint sous la tente ; mais c'était un silence prudent et grave. Les sinistrés guettaient les bruits provenant des profondeurs de la terre ; le moindre frémissement les faisait tressaillir. Un enfant d'une dizaine d'années se redressa soudain sur son séant, les yeux ouverts, le regard vague des somnambules. Il dit, d'une traite :

« Arrête de me faire chier, petit babouchier, sinon je te foutrai dare-dare mon dard dans le pétard ! »

Tout le monde s'esclaffa, hommes et femmes à la fois. Zineb fut carrément prise d'un fou rire, qui ne tarda pas à contaminer ses voisines, l'une après l'autre... L'enfant se recoucha aussitôt.

« Faites excuse !, dit sa mère, gênée et confuse. C'est le rejeton de nos voisins là-haut qui lui apprenait ces vulgarités. »

66

Aux premières lueurs du jour, Anazour, Boutserrite, Ayour et Amdyaz quittèrent la tente à pas feutrés et s'en allèrent mesurer l'ampleur des dégâts dans leurs demeures respectives.

« Regardez là-haut ! » leur dit soudain Anazour, montrant du doigt un énorme monceau de ruines sur le flanc de Tizi Ounddame : c'était leur ancien village. Il n'en restait plus rien.

« La secousse a été beaucoup plus violente là-haut », remarqua Anazour.

Sans plus attendre, les quatre hommes se rendirent à leur ancien village.

Au pied de la ruine, ils trouvèrent six rescapés assis sous les bras d'un noyer aux feuilles poussiéreuses, les traits tirés et pâles, l'air prostré. Il y avait là Moulay Abdeslam, l'imam, la veuve Nedjma Tajjgalte, Yamna, la tenancière du hammam, et trois enfants, dont un en bas âge. Hormis Moulay Abdeslam et Nedjma Tajjgalte, correctement mis, les autres donnaient l'impression d'avoir échappé aux griffes d'un prédateur après un long et violent combat pour la survie : ils étaient pieds nus, le visage tacheté de croûtes brunâtres, les bras zébrés d'égratignures, les cheveux ébouriffés, les habits couverts de poussière, lacérés par endroits.

Les quatre hommes commencèrent la recherche d'éventuels survivants. « Il y a quelqu'un ? », criaient-ils devant chaque ruine, trois ou quatre fois, puis ils tendaient l'oreille, à l'affût du moindre bruit. Dès que l'un repérait un signe de vie, il prévenait les autres et, ensemble, ils déblayaient avec des outils de fortune. Ils parvinrent ainsi à extraire des gravats neuf survivants, dont Omar Boutillas, et soixante-quatorze cadavres. Le reste des villageois, une bonne centaine, avaient vraisemblablement péri sous les décombres.

Vers dix heures du matin, les hommes ramenèrent les survivants sous la tente. Une odeur de pain chaud et de *talkhcha**, soupe aux fèves, les accueillit à l'entrée. L'épouse Bouyfskane était parvenue, en l'absence de son mari, à extraire des gravats ses deux bracelets en or, sa trousse de toilette, son caftan d'apparat, mais aussi quelques ustensiles de cuisine plus ou moins cabossés et des vivres : une caisse de farine, des fèves sèches, de l'huile d'olive, du sucre, du thé, des épices... Les autres femmes se mirent tout de suite au travail : elles préparèrent du pain et la *talkhcha*, nourrirent d'abord les enfants, un bol de soupe, une tranche de pain et un verre de thé chacun. Ensuite, les hommes. Les femmes mangèrent en dernier lieu. C'était un usage établi depuis la nuit des temps ; jamais aucune femme du pays ne l'avait contesté jusque-là. Allez savoir pourquoi.

Le repas terminé, Omar prit la parole et s'adressa aux hommes :

« *Mes frères en Allah*, leur dit-il, la voix grave, l'air solennel. Je vous invite à faire une prière pour... »

Au mot *prière*, Moulay Abdeslam jeta un coup d'œil sur sa montre et intervint aussitôt :

« Quelle prière, Omar ? Il est onze heures du matin, à peine. »

Omar leva sur l'imam deux grands yeux stupéfaits : jamais celui-ci ne lui avait parlé sur ce ton.

« Je voudrais faire une courte prière collective, répondit-il après avoir recouvré un peu de sa contenance, pour remercier Allah, le maître de l'univers, de nous avoir sauvé la vie…

— Qui ça, *nous* ?

— Moi, toi, ces femmes, ces….

— Toi, ce sont ces braves hommes qui t'ont sauvé la vie, au péril de la leur, faut-il le préciser. C'est à eux que tu dois des remerciements, à eux seuls. Ces familles, je viens de l'apprendre, elles doivent la vie à Outazarte, qui les a invitées hier soir à venir pendre la crémaillère avec les siens ici, sous cette tente. Quant à moi… – Moulay Abdeslam pencha la tête vers l'oreille d'Omar et baissa sensiblement la voix – quant à moi, c'est une virée nocturne dans le sous-bois d'Aghzane en compagnie de la veuve Tajjgalte qui m'a sauvé la vie ; et la sienne, de ce fait. »

Omar braqua sur l'imam un regard chargé de reproches.

« Sais-tu, Moulay Abdeslam, le châtiment que la loi de Dieu réserve aux auteurs d'un tel péché ?

— Cent coups de fouet, répliqua l'imam. Mais je sais aussi, de science certaine, que les auteurs de cette loi avaient tous leurs harems personnels, qu'ils alimentaient régulièrement avec les jolies femmes ramenées comme butin de guerre à chaque nouvelle conquête. Les harems pour les grosses légumes, les coups de fouet pour le menu fretin. Deux poids, deux mesures. Est-ce cela que tu appelles la loi de Dieu ? »

À court de réponse, Omar changea soudain de sujet.

« Tu m'inquiètes, Moulay Abdeslam, lui dit-il.

— Pourquoi donc ?

— Parce que tu n'as plus peur de Dieu.

— Je n'ai plus peur de rien, Omar, ni de Dieu ni du diable. Il y a toujours une raison à la peur, sinon plusieurs. Moi, je n'en ai plus aucune. J'ai tout perdu dans la calamité de cette nuit, absolument tout : ma mère, ma femme, mes enfants, ma maison, mon travail, mes économies, mes livres, mes projets, mes rêves…

— Je ne te reconnais plus, Moulay Abdeslam.

— Tu ferais mieux de ne plus me connaître, Omar, d'effacer à tout jamais mon visage et mon nom de ta mémoire. Tu ferais encore mieux de t'en aller d'ici et de laisser ces braves gens vivre comme ils ont toujours vécu, en paix et en sérénité… Tu sais ? Ils n'ont pas besoin de toi, ces gens. Ils n'ont pas besoin de moi non plus, d'ailleurs. Leur culture berbère est plus intelligente, plus humaine que celle des Bédouins d'Arabie, leur législation, plus évoluée, leurs mœurs, bien plus civilisées… Non, Omar, ces gens n'ont pas besoin de toi, ni de tes idées obscurantistes. Je te rappelle qu'ils ont quitté leur village là-haut pour fuir ton noir dessein et tes diaboliques machinations. Tu ne vas quand même pas recommencer ici ? »

Omar regarda les hommes, un par un, lentement, espérant que l'un ou l'autre infirmerait les propos de l'imam : personne ne souffla mot. Il se sentit soudain de trop sous la tente, un importun. Sans plus attendre, il se releva, glissa les pieds dans ses sandales bédouines et s'en fut vers la berge, le dos voûté, le visage défait, les yeux rivés sur le chemin. On ne le reverra plus jamais à Tizi Ounddame.

Tahennaoute (Maroc), février 2024

Glossaire

ABAYA : long vêtement recouvrant tout le corps.
ABOU : père de.
ADOULS, pluriel de ADEL : notaires de droit islamique considérés comme des auxiliaires de la justice.
AGRAOU : espace où se réunit l'assemblée du village. Notez la paronymie avec le mot grec *agora* ayant le même sens.
AHOUACH : chorégraphie collective berbère du sud du Maroc mêlant danse, poésie et joutes verbales entre les participants. Elle dure deux à trois heures. Le tambourin en est l'instrument principal.
AÏD EL-KEBIR, dit aussi AÏD AL-ADHA : mot composé du nom *aïd*, fête, et de l'épithète *kbir*, grand. C'est la plus grande fête religieuse en islam. Elle commémore l'acte d'obéissance du prophète Abraham envers Dieu. Alors que le patriarche s'apprête à sacrifier son fils pour prouver son allégeance, Dieu l'arrête dans son élan et lui demande d'épargner son fils et de sacrifier un mouton à sa place. Depuis, les musulmans sacrifient un mouton tous les dix de *Mouharram*, le premier mois de l'hégire dans le calendrier musulman.
AÏD SEGHIR, appelé aussi AÏD AL-FITR : fête annuelle marquant la rupture du jeûne. Elle a lieu chaque premier de *choual*, le dixième mois du calendrier musulman.
AL-ÂCHA'A : cinquième et dernière prière du jour. Elle a lieu entre 20h30 et 21h, heure GMT.

AL-ÂSR : troisième prière du jour. Elle a lieu au milieu de l'après-midi, lorsque le soleil est à mi-chemin entre le zénith et le coucher.

AL-BOUKHARI : plutôt connu sous le nom de L'IMAM AL-BOUKHARI, est un érudit musulman sunnite d'origine perse, auteur de *Sahih Al-Boukhari*, recueil des paroles et enseignements du prophète Mohammad.

ALÉÏKOUMOU SALAM : réponse usuelle à la salutation SALAMOU ALÉÏKOUM, sur vous soit la paix.

ALIM (plur. OULÉMA ou ULÉMA) : théologien de l'islam.

ALLAHOU AKBAR : Dieu est le plus grand.

AZERF : droit communautaire dans les sociétés amazighes, appelé communément « droit coutumier berbère ».

BATBOUT : pain artisanal, à la mie moelleuse et fondante.

BISMILLAH : au nom de Dieu, formule prononcée par les musulmans avant d'entreprendre quelque chose.

BRIOUATES : chaussons feuilletés de forme triangulaire.

BURQA : d'origine afghane, voile recouvrant intégralement la femme.

CHAMA : prénom féminin. Le mot veut dire : signe de beauté naturelle.

CHARIA : ensemble des règles régissant la vie religieuse, sociale, politique, culturelle et individuelle des musulmans.

CHEIKH : fin connaisseur du coran et des hadiths.

DDA : marque de respect et de considération pour les hommes d'un certain âge.

DJIHAD : effort mené par les musulmans pour rester dans le droit chemin et combattre les ennemis de l'islam.

DOHR : deuxième prière du jour. Elle a lieu à la mi-journée, vers 13h, heure GMT.

DOUAR : division administrative rurale.

FATWA : condamnation ayant force de loi, prononcée par un chef religieux musulman à l'égard d'une personne ayant commis un péché majeur ou une faute grave.

FITNA : sédition, désordre, trouble.

Gandoura : longue tunique.

Halal : qui respecte la loi islamique. On parle souvent de « viande *halal* », c'est-à-dire la viande d'une bête abattue selon le rituel musulman.

Hamdou lillah : Dieu merci, louange à Dieu.

Haram : contraire parfait de *halal.* Par exemple, pour les musulmans, la viande du porc est *haram.*

Hedjaz : région nord-ouest de la péninsule arabique.

Hmiza : occasion en or.

Ibn Abdel wahhab : théologien du xviiie siècle, fondateur du wahhabisme.

Ibn Taymiyya : théologien musulman du xiiie siècle, réputé pour son fanatisme. Il est la première référence de l'islam radical.

Ikine : jarre en berbère.

Inchallah ou inch'Allah : si Dieu le veut.

Kamis : longue tunique portée généralement par les hommes.

L'megherb : prière du crépuscule.

Lalla ou lla (contraction) : titre honorifique réservé aux femmes d'un certain âge, ou appartenant à une classe sociale supérieure. C'est une marque de respect et de considération.

Impuretés majeures *(les)* en islam sont : le coït, l'éjaculation, les menstrues et les lochies.

Maouïda : prêche prononcé par un *cheikh*, autrement dit un connaisseur du coran et des hadiths.

Macha'allah *ou* Maschallah : ce que Dieu veut.

Medersa : école d'enseignement religieux.

Mihrab : niche à l'intérieur d'une mosquée où officie l'imam. Elle sert aussi à indiquer la direction de La Mecque.

Mohammad Ibn Abdel-wahhab : (1703 – 1792), théologien musulman hanbalite, fondateur du wahhabisme, mouvement de réforme extrémiste.

NIQAB : long voile intégral recouvrant le visage de la femme, en ne laissant qu'une fente pour les yeux.

OMAR IBN AL-KHATTAB : compagnon du prophète de l'islam et deuxième calife, après *Abou* Bakr Assiddiq.

O.N.E. : Office national de l'électricité.

OUALLAH : façon de jurer chez les musulmans, de prendre Dieu à témoin.

OUMMA : l'ensemble des musulmans du monde. La *oumma* ne prend en compte que l'appartenance religieuse de l'individu.

RIAD : vaste habitation traditionnelle centrée sur un patio ouvert. Elle est souvent agrémentée d'un petit jardin et d'une fontaine.

SAHIH AL-BOUKHARI : ouvrage compilant actions et enseignements oraux du prophète de l'islam Mohammad, rassemblés au IXe siècle par l'imam Al-Boukhari.

SALAFISME (adj. SALAFISTE) : doctrine islamique prônant le retour aux valeurs fondamentales de l'islam, dont le djihad.

SALAMOU ÂLÉÏKOUM : salutation arabe signifiant « Que la paix soit sur vous ».

SIDI : titre honorifique masculin pour témoigner de la considération. Il peut être traduit en français par « Seigneur ».

SOUBHAN ALLAH, ou *soubhannallah* : gloire à Dieu.

SUNNA, ou SOUNNA : paroles et actes de Mohammad, le prophète de l'islam, considérés comme les règles que tout musulman doit appliquer dans sa vie quotidienne.

TALKHCHA : soupe aux fèves.

TANGGUIFTE : cortège nuptial partant de la maison du fiancé vers celle de sa fiancée.

TENTE CAÏDALE, dite ASSAÏS en berbère : vaste tente en toile blanche, utilisée dans les mariages, les circoncisions, les fêtes nationales, religieuses... Elle est le symbole de l'opulence et de la convivialité.

TFAYA : couscous avec blanc de poulet, ou viande, raisins secs et oignons caramélisés.

Tifinagh : l'alphabet berbère.
Tizi Ounddame : littéralement, le col du poète.
Tombe : Selon la tradition musulmane, l'âme ne passe dans l'au-delà que quarante jours après l'enterrement du mort. Durant cette période, elle demeure dans la tombe, près du cadavre.
Toubkal : point culminant du Haut Atlas (4167mètres).
Zabiba : tache ronde et noirâtre au beau milieu du front de certains musulmans pratiquants, provoquée par un contact régulier et insistant avec le tapis de prière.
Zellige : carreau artisanal.
Zemzem ou Zamzam : puits de La Mecque (Arabie Saoudite). Son eau, tout à fait ordinaire, est considérée comme miraculeuse par beaucoup de musulmans.

Retrouvez notre catalogue sur
www.editionsdelaube.com

Pour limiter l'empreinte environnementale de leurs livres,
les éditions de l'Aube font le choix de papiers
issus de forêts durablement gérées et de sources contrôlées.

Achevé d'imprimer en janvier 2025
sur les presses de l'imprimerie Firmin-Didot
pour le compte des éditions de l'Aube
331, rue Amédée-Giniès, F-84240 La Tour-d'Aigues

Numéro d'édition : 6311
Dépôt légal : février 2025
Numéro d'impression : 182484

Imprimé en France